HUFSCHLAG
IN DER NACHT

HUFSCHLAG IN DER NACHT

Pamela Kavanagh

www.pony-club.de

Titel der amerikanischen Originalausgabe:
HOOFBEATS IN THE DARK

Umschlag-Illustration: Jennifer Bell
Übersetzung: Christiane Burkhardt

Herausgeber und Verlag:
PonyClub, Stabenfeldt GmbH, München
Umschlag-Gestaltung: Stabenfeld A/S
Redaktion und DTP/Satz:
Andrea Nieradzik
Druck: GGP Media, Pößneck, Germany 2002

ISBN 3-935583-60-5

Prolog

Nichts an Gleggs Hall wies darauf hin, dass es auf dem Anwesen spukte. Sogar der Name war nichts sagend: Gleggs Hall, mit anderen Worten: das Haus am Glegg, ein Bach, der sich träge durch die Felder schlängelte.

Gut, es war nur über eine enge, gewundene Zufahrtsstraße zu erreichen, die durch einen tiefen Wald führte, und wirkte daher sehr abgeschieden, wie nicht ganz von dieser Welt. Andererseits war man hier auf dem Land, und da ist bekanntlich nie viel los. Gar nicht so übel, fand Dad, der lange Zeit für einen großen internationalen Konzern gearbeitet hatte und nun hoffte, hier ein wenig Ruhe zu finden.

Gleggs Hall war nicht einmal alt, höchstens hundert Jahre; ein großes, bodenständiges Bauernhaus mit quadratischem Grundriss aus schönem roten Backstein. Innen war es hell und geräumig, mit einem traumhaften Holzfußboden, den Dad eingelassen und auf Hochglanz poliert hatte. Es gab eine riesige Küche mit rotem Ziegelboden und einem Holzofen, der für gemütliche Wärme sorgte. Und den sollten wir während unseres ersten Winters hier auch dringend brauchen, denn es herrschte klirrende Kälte und wir waren gerade erst aus dem wesentlich milderen Süden hergezogen.

Zu dem Haus gehörten die für solche Anwesen üblichen Landwirtschaftsgebäude, die jetzt für das von langer Hand geplante Projekt meiner Eltern zur Verfügung standen: einem Therapiezentrum für Pferde und Ponys. Unter größten finanziellen Anstrengungen waren eigens Gebäude für die Stallungen sowie eine Reithalle mit Hydrotherapie-Anlage errichtet worden. Mum gab zu, wegen der Darlehen und des hoffnungslos überzogenen Kontos nachts schweißgebadet aufzuwachen. Trotzdem hatte diese Unternehmung ihren Reiz, denn mit ihr erfüllten sich meine Eltern einen lang gehegten Wunsch. Mum hatte ganz schön gebüffelt, um ihren Abschluss in alternativer Tiermedizin zu machen. Und Dad, der etwas von Gartenbau verstand, konnte nun auf dem dreißig Morgen großen Grundstück seiner großen Liebe, der Bio-Landwirtschaft nachgehen.

Aber das Beste war, dass wir drei Kinder der Familie Blake unsere Ponys jetzt in greifbarer Nähe hatten. Unser altes Haus hatte keinerlei Stallungen besessen. Gleich früh morgens eine Runde galoppieren, das war dort nicht drin gewesen. Wren, das Pony meiner Schwester Natalie, Magpie, das meines Bruders Richard, und mein eigenes, Minstrel, hatten eine längere Busfahrt entfernt gestanden, irgendwo außerhalb der Stadt.

Die alten Ställe in Gleggs Hall waren geradezu perfekt für unsere Bedürfnisse. Sie schlossen den großen, kopfsteingepflasterten Hof nach einer Seite hin ab und endeten in einer Futter- und Sattelkammer. Die Boxen waren schummrig, voller Spinnweben und Gerümpel; sie auszumisten, dauerte eine Ewigkeit.

In der Hofmitte stand ein runder steinerner Taubenschlag. Durch eine schwere, niedrige Tür gelangte man zu den einzelnen Sitzstangen und zerfallenen Nestern. Noch war der Taubenschlag leer, aber Mum war drauf und dran, drei brütende Tauben zu kaufen und die Zucht wieder aufleben zu lassen.

„Das macht mehr Arbeit als Freude“, stellte Bill Garson, unser neuer Handwerker und Stallbursche, fest, der früher selbst einmal Tauben gezüchtet hatte. Und damit schien die Sache fürs Erste erledigt zu sein.

Als wir einzogen, war der Umbau von Gleggs Hall noch nicht ganz abgeschlossen. Es gab noch keine Pferde- oder Ponypatienten, und auch unsere eigenen Ponys waren noch nicht angekommen.

Umso mehr erschrak ich, als ich den Hufschlag hörte.

Es war ein eiskalter Tag im Januar. Die Schule hatte noch nicht wieder angefangen und Natalie und Richard waren mit Mum beim Einkaufen. Gelangweilt beschloss ich, mit den Ställen anzufangen. Nachdem ich mich entschieden hatte, Minstrel in die geräumige Box am Ende des Ganges zu stellen, fegte ich die Spinnweben von den Wänden und nahm den Malerpinsel in die Hand.

In der Reithalle hinter dem neuen Stallgebäude hämmerten die Handwerker, und vom Feld her war das Knattern von Dads Traktor zu hören.

Ich arbeitete eine Weile konzentriert vor mich hin. Dann nahm ich, trotz der streng riechenden Wandfarbe, den Geruch eines Pferdes wahr.

Ich unterbrach meine Arbeit, während vom Pinsel weiße Farbe auf den abgedeckten Boden tropfte. Als Nächstes vernahm ich das leise Klappern beschlagener Hufe auf dem Pflaster. Es klang so nah, dass ich mich instinktiv umwandte. Doch nichts war zu sehen.

Scamp, unser Cairn Terrier, schnüffelte draußen herum und begann wie verrückt zu bellen. Ich bekam eine Gänsehaut und ging hinaus, um nachzusehen. Irgendwo hallten Geräusche, deren Schallwellen bis hierhin zu hören waren. Wenn ich ein Pferd gehört hatte, dann musste es da draußen auch tatsächlich eins geben.

Ich starrte die Landstraße rauf und runter und erwartete jeden Augenblick ein Kind auf einem Pony zu sehen oder jemanden, der gerade ausritt. Die Landstraße lag völlig verlassen da.

Außerdem hatte ich den Hufschlag in der Box gehört. Plötzlich verspürte ich auch überhaupt keine Lust mehr, in den dunklen Stall zurückzugehen und weiterzustreichen. Auf gar keinen Fall wollte ich allein dorthin.

Und so verschob ich das Spinnwebenausfegen und Streichen lieber auf den nächsten Tag – wenn die anderen mir Gesellschaft leisten würden.

Ich erwähnte den Vorfall weder gegenüber meinen Eltern noch gegenüber meinen Geschwistern. Man hätte mir wahrscheinlich ohnehin nicht geglaubt. Doch immer, wenn ich von nun an den Stall betrat, beschlich mich das komische Gefühl, dass irgendetwas mit Gleggs Hall nicht in Ordnung war.

Kapitel 1

„Sie kommen!“

Richard stürmte mit Scamp in die Küche, beide waren sie von oben bis unten durchnässt und schlammbespritzt. Sein sommersprossiges Gesicht glühte vor Aufregung.

„Emma! Natalie! Die Ponys sind da!“

Im Nu war ich auf den Beinen. Wir hatten eine Kleinigkeit gegessen und auf den gemieteten Transporter gewartet. Der große Holztisch war mit leeren Bechern und zerknülltem Schokoladenpapier übersät.

„Lass Scamp hier, der bellt sonst nur wieder und erschreckt Minstrel“, sagte ich, zog mir meine Regenjacke über und zog die Kapuze über meinen neuen aschblonden Kurzhaarschnitt.

„Vergesst die Halfter nicht.“ Typisch Natalie. Sie räumte in aller Seelenruhe den Tisch ab, so als hätten wir seit unserer Ankunft auf Gleggs Hall nicht sechs lange Wochen sehnsüchtigst auf diesen Moment gewartet. Beunruhigende sechs Wochen lang.

Es war Dads Entschluss gewesen, die Ponys erst dann nachzuholen, wenn alles vorbereitet war. An einem Samstag war es dann endlich so weit; draußen herrschte nasskaltes, trostloses Wetter. Regen trommelte gegen die Scheiben und prasselte auf das Kopfsteinpflaster im Hof. Der Transporter fuhr gerade durch das Eingangstor und passierte das Schild „Gleggs Hall, Therapiezentrum für Pferde und Ponys“ sowie das Pförtnerhaus, in dem Holly Davies, die Tierpflegerin, wohnte. Er holperte über die Viehsperre und rollte dann langsam die Auffahrt hoch.

„Lass das, Natalie“, drängte ich sie zur Eile und quälte mich in meine Reitstiefel.

Richard stürmte in die Halle und kam mit Magpies rotem Halfter und dem Führstrick wieder zurück. „Ich bin weg“, sagte er und verschwand.

„Und was ist mit unseren?“, rief ich ihm nach.

„Hier, Em.“ Gelassen reichte mir Natalie Minstrels grünes Halfter. Natalie ist die Mittlere von uns Geschwistern, schlank und hübsch. Sie hat Mums haselnussbraune Augen und ist sehr praktisch veranlagt. Irgendwie hatte meine Schwester es geschafft, das schmutzige Geschirr abzuwaschen, sich zum Reiten umzuziehen und das Zaumzeug sowie ein paar Möhren als Belohnung einzustecken. Sie verstaute ihr langes blondes Haar in ihrer Kapuze, hängte sich Wrens braunes Halfter ordentlich über den Arm und brachte den Hund dazu, in sein Körbchen zu gehen.

„So ist's recht, Scamp. Braver Junge.“

Fröhlich tuckernd fuhr der schwere Transporter in den Hof und kam mit zischenden Bremsen zum Stehen.

„Die Ponys!“, hörte man Mum aus dem Brennraum neben der Küche rufen, wo sie gerade pflanzliche Arzneien für ihre Patienten herstellte. Da tauchte sie auch schon in der Tür auf. Sie lächelte. „Zu schade, dass das Wetter so schlecht ist. Oh, das Pflaster ...“

Plötzlich donnerte die Rampe des Transporters auf den Hof und wir rannten eilig durch die Pfützen, um unsere Ponys in Empfang zu nehmen.

„Hallo Kinder“, begrüßte uns der Fahrer.

„Hallo“, entgegneten wir.

Richard war die Rampe schnell hochgelaufen. Er öffnete die Heckklappe, betrat die erste Box und schlang die Arme um den Hals seines Ponys. „Hallo Magpie. Alles in Ordnung?“ Magpie, 1,34 Meter groß, ein Rappschecke mit einer buschigen Mähne und einem ebensolchen Schweif, tastete ihn hoffnungsvoll nach einem Leckerbissen ab. Richard streifte ihm das hellrote Halfter über, löste die Gurte, die zu dem Transporter gehörten, und ließ Magpie die glitschigen Bohlen der Rampe hinunterstampfen, oder sagen wir besser: rutschen.

Dann war Wren an der Reihe, 1,42 Meter groß, mit einem perfekt geformten weißen Stern auf ihrer braunen Stirn. Natalie, deren Wangen in der kalten Februarluft glühten, führte ihr Pony ruhig in den Hof.

Zu guter Letzt erschien ein kurzer edler Kopf mit hellglänzenden, spitzbübischen Augen und wohlgeformten Ohren in der Ladeöffnung. „Minstrel!“, rief ich erfreut und lief die Rampe hoch. Sie wieherte und trat fest gegen die Wand des Transporters.

Minstrel ist eine 1,52 Meter große Araberkreuzung. Sie hatte während des Transports stark geschwitzt und sah verängstigt aus. Ihr dunkelfuchsfarbenes Fell unter der braunen Decke war heiß und klebrig. Ich streichelte ihre Stirn und sprach beruhigend auf sie ein. „Mach dir nichts draus. Jetzt bist du zu Hause.“ Ich gab ihr ein paar Möhren, legte ihr das Halfter um und führte sie ins Freie. Stürmisch drängte sie die Rampe hinunter und blieb zitternd im Hof stehen. Sie sah den Taubenschlag und schnaubte.

„Wetten, dass Minstrel gleich ausflippt?“, spottete Richard. „Magpie nicht, der ist die Ruhe selbst.“

„Sie ist schon in Ordnung“, sagte ich und tätschelte sie.

Mum lief in den strömenden Regen hinaus, während ihr der Regenmantel um die Beine flatterte. Sie begrüßte die Ponys mit großem Trara, sagte, wie froh sie sei, sie hier zu haben und bot dem Fahrer einen Kaffee an.

„Das ist sehr nett von Ihnen, vielen Dank“, sagte er, klappte die Rampe wieder hoch und schob die Riegel vor. Obwohl er dabei patschnass wurde, sah er sich interessiert um. An den alten Hof schloss sich ein geräumigerer neuer an. Er war asphaltiert. Darauf stand ein moderner Stall.

Das Warmblut Monarch, ein Schimmel mit chronischen Rückenbeschwerden, steckte seinen Kopf über die grün gestri-

chene Stalltür und wieherte uns zu. In der Box daneben konnte es Piper, ein schwarzbraunes Pony, das zu Hufrehe neigte, kaum erwarten, die Neuankömmlinge zu begrüßen.

Hinter dem neuen Stallgebäude befand sich die aus Holz errichtete Reithalle mit der Hydrotherapie-Anlage. Es gab eine Reitbahn und neben dem Obstgarten noch sechs viereckige Koppeln mit doppelter Umzäunung, eine jede mit einem Unterstand. Auf den Feldern begann Dads Winterweizen bereits grüne Knospen zu treiben. Auf einem der Felder hatte man das Gras für die Ponys stehen lassen. Auf einer anderen Weidefläche wurden Heilkräuter gezogen, deren Namen ich mir beim besten Willen nicht merken konnte – ein gutes Namensgedächtnis gehört nun wirklich nicht zu meinen Stärken.

„Das ist neu hier, stimmt's?", fragte der Fahrer. „Ich musste nach dem Weg fragen und niemand kannte euch."

„Ja, ziemlich neu", bestätigte Mum. „Sie sind ja völlig durchnässt. Lassen Sie uns reingehen." Mum warf einen misstrauischen Blick auf Minstrel, die aussah, als würde sie gleich explodieren, und fragte, ob wir Hilfe bräuchten.

„Natürlich nicht", sagte Richard überheblich. Er zog kurz an Magpies Halfter, und schon stapften wir durch die Pfützen, Richard vorneweg, Natalie und Wren hinterher, während Minstrel bockte und ich mich mit aller Kraft an ihren Führstrick klammern musste.

Während wir den neuen Hof überquerten, begannen Piper und Monarch wie wild zu wiehern, woraufhin Holly aus dem Büro trat. „Na, alles gut gegangen?", rief sie. „Ich seh sie mir gleich mal an."

„In Ordnung", schallte es im Chor zurück.

Wir gingen um den Taubenschlag herum, der vom Regen nass glänzte, und überquerten das letzte Stück Hof vor den Stallungen. Wir waren extra früh aufgestanden, hatten die Boxen mit Sägespänen und Stroh ausgestattet sowie Futterkrippen und Wassereimer gefüllt. Jede einzelne Box hieß die Ponys willkommen.

„Komm schon, Magpie.“ Richard führte den Rappschecken in die mittlere. Minstrel und Wren durften nicht zusammenstehen, da sie über die Trennwände hinweg immer nach einander schnappten. Magpie stürzte sich sofort auf das Heu, nahm sich etwas davon und knabberte daran. „Na, du Gierschlund“, sagte Richard und schnallte ihm schnell die Decke ab.

Wren stand ihrem neuen Quartier eher misstrauisch gegenüber. Sie ging ruhelos in ihrer Box auf und ab, schnüffelte am Stroh und stieß verärgerte Laute aus.

„Wren scheint den Geruch von frischer Farbe nicht zu mögen“, rief Natalie. „Was ist mit Minstrel?“

„Sie reagiert genauso.“

Minstrel sah sich besorgt um, man konnte das Weiße in ihren Augen sehen. Ich streichelte ihren angespannten Hals und sprach beruhigend auf sie ein. „Komm schon, Minstrel. Sei ein braves Mädchen.“

Nachdem ich ihre Transportdecke abgeschnallt hatte, ließ ich sie frei. Sie warf den Kopf zurück und lief ans andere Ende der Box. Nach wie vor rollte sie mit den Augen und schnaubte nervös. Ihr gestriegeltes Fell glänzte im trüben Licht, das durch die Tür fiel. Sie war nicht geschoren worden, aber ihr Winterfell war auch nicht besonders dicht. Sie war wunderschön. Ein zärtliches Gefühl stieg in mir hoch.

Natalie und Richard erschienen im Türrahmen.

„Ich glaube, Wren mag ihre Box nicht“, sagte Natalie enttäuscht. „Sie hat sich ganz in die Ecke zurückgezogen. Das Heu rührt sie nicht einmal an. Minstrel sieht auch nicht gerade begeistert aus.“ Sie runzelte die Stirn, um dann hinzuzufügen: „Ich kann es ihnen nicht einmal übel nehmen.“

Ich musterte sie alarmiert. „Wie meinst du das?“

„Na ja, spürst du das nicht? Irgendwie fröstelt es mich hier.“

Ich biss mir auf die Lippen. Etwas Merkwürdiges war letzte Nacht passiert. Wieder dieser Hufschlag. Ich war drauf und dran, die beiden zu fragen, ob sie auch etwas gehört hatten, überlegte es mir jedoch anders und sagte stattdessen: „Wir mussten uns auch erst hier eingewöhnen.“

Natalies Miene hellte sich wieder auf, aber Richard sagte mürrisch: „Wie in der Schule meinst du.“ Er war erst zehn und besuchte noch die Dorfschule in Maybury, während Natalie und ich den Bus zur Denesgate High School am Stadtrand von Anforth nahmen. Richard war ein begeisterter Sportler, und da es in der weiterführenden Schule eine sehr gute Mannschaft gab, konnte er es kaum erwarten, dorthin zu kommen.

Ich trat aus der Box und fröstelte, als mir eine Regenbö ins Gesicht peitschte. „Igitt, was für ein Wetter. Hoffentlich hört das morgen wieder auf. Ich will ausreiten.“

„Ich auch“, sagte Richard. „Lass uns in den Wald reiten. Im Wald sind wir noch nie ausgeritten.“

„Toll, dass wir hier auf dem Land sind und richtig ausreiten können.“ Natalie strahlte. „Jetzt müssen wir nicht mehr durch diese blöden Parks trotten.“

„Ja, jetzt ist Schluss mit den langweiligen Runden über den Reiterhof“, fügte ich hinzu.

Wir grinsten uns an.

Inzwischen hatte der Fahrer seine Kaffeepause beendet und ließ den Motor an. Er streckte den Kopf aus der Fahrerkabine und rief uns zu: „Wiedersehen, Kinder. Viel Glück mit dem Therapiezentrum. Da seid ihr ja gleich vor Ort, falls eines eurer Ponys krank wird.“

Natalie und Richard zuckten schon bei dem bloßen Gedanken daran zusammen.

„Oh, nein, bitte nicht!“, rief ich ihm zu.

Er grinste und löste die Bremsen.

Als der Transporter von unserem Hof rumpelte, kam Mum auf uns zu. „Die Ponys machen einen guten Eindruck. Sie haben höchstens etwas zugelegt.“ Mum hatte ein gutes Auge für so etwas. „Ein wenig Bewegung – und sie sind wieder in Form. Minstrel wirkt sehr unruhig, Emma. Gefällt ihr der Stall nicht?“

„Wren genauso“, sagte Natalie. „Meinst du, draußen auf der Koppel würde es ihr besser gefallen?“

„Wir sollten sie lieber erst einmal im Stall lassen, damit sie sich etwas von der Reise erholen können“, schlug Mum vor. Sie legte ihre Arme um Natalie und Richard und zog sie an sich. „Das Mittagessen ist fertig.“

„Prima, ich bin schon am Verhungern“, sagte Richard.

„Das bist du immer“, stichelte ich und scheuchte die beiden zum Haus hinüber, wo wir unsere nassen Sachen auszogen und uns die Hände wuschen.

In der Küche stritt Bill Garson gerade mit Christopher Harris, dem Pferde-Osteopathen. Die beiden hatten sich von Anfang an nicht leiden können. Und so ging es während der Mahlzeiten häufig hoch her, was uns jedoch eher amüsierte.

„Zu viel Gras, das ist Pipers Problem“, sagte Bill, ein großer Mann in abgetragenen Cordhosen und einem Pulli mit durchgescheuerten Ellbogen. „Ein paar Wochen auf einer gemähten Weide und er kommt wieder in Ordnung.“

Christopher, der in seinen Jeans und dem schwarzen Sporthemd eine durchaus gute Figur machte, wärmte sich am Herd. „Neuere Forschungen haben ergeben, dass es Tieren mit Hufrehe nicht gut tut, auf einer gemähten Weide zu stehen“, sagte er und fuhr sich genervt durch sein braunes kurzes Haar. „Der Zuckergehalt im Gras ist das Problem. Junges Grün enthält wesentlich mehr Zucker als das alte Gras. Aus diesem Grund kann die Hufrehe wieder aufflammen, selbst wenn das Pony auf magerem Weideland steht.“

„Mit Zuckergehalt und solchem Zeug kenne ich mich nicht aus.“ Bill Garsons wettergegerbtes Gesicht verzog keine Miene. „Kein eiweißhaltiges Kraftfutter und wenig Gras, so habe ich das Problem immer in den Griff bekommen.“

„Nun, mittlerweile gibt es neue Erkenntnisse, Bill, auch wenn an dem, was Sie sagen, sicherlich etwas dran ist“, schaltete sich meine Mutter behutsam ein. Sie holte eine große Fleisch- und Gemüsepastete aus dem Ofen, die sie dampfend auf den Tisch stellte. Natalie deckte den Tisch, während ich mich Scamp widmete. Dad kam aus der Halle, wo er sich die Hände gewaschen hatte. Richard sieht Dad sehr ähnlich. Dieselbe drahtige Figur und dasselbe widerborstige hellbraune Haar, dieselben stahlblauen Augen. Und beide fackeln sie nicht lange.

„Ich habe gerade den Wetterbericht gehört", sagte Dad. „Es soll bald aufhören zu regnen. Dann kann ich endlich auf die Felder."

„Na, das ist doch eine gute Nachricht", sagte Mum und griff nach den Tellern. „Bitte setzt euch jetzt. Lasst uns essen, bevor es kalt wird. John, ruf bitte Holly, ja?"

In diesem Moment kam Holly auch schon hereingestürmt, ihr feuchtes lockiges Haar kringelte sich noch mehr als sonst. „Ich hab nur kurz nach den Ponys gesehen. Magpie ist aber ein Braver, stimmt's? Er hat schon das ganze Heu vertilgt. Ich hab ihm noch etwas gegeben."

„Magpie ist ein guter Futterverwerter", sagte Richard mit stolzgeschwellter Brust.

Dad zauste ihm das Haar. „Da kenne ich noch jemanden."

„Ich hoffe nur, dass Wren auch bald wieder frisst." Natalie klang besorgt. „Sie rührt ihr Heu einfach nicht an und das sieht ihr gar nicht ähnlich."

„Sobald sie sich erst einmal eingewöhnt hat, wird sie schon wieder ganz die Alte sein." Dad zwinkerte mir verschwörerisch zu. „Minstrel macht einen guten Eindruck, Emma. Es gibt tolle Springturniere hier in der Gegend, wie man hört."

„Oh", sagte ich. Ehrlich gesagt war ich nicht besonders wild auf Turniere. Besser gesagt: nicht mehr. Ich liebe Ponys und Pferde über alles, und für mich gibt es nichts Schöneres als Reiten. Aber Turniere? Nein, danke. Zumindest begann sich Dad wieder für uns zu interessieren – vielleicht wollte er etwas gut machen, nachdem er in den letzten Jahren nur seinen Job im Kopf gehabt und die Erziehung hauptsächlich Mum überlassen hatte.

Während des Essens ertappte ich mich immer wieder dabei, wie ich zu den Stallungen hinübersah. Der Regen prasselte nach wie vor gegen das Küchenfenster. Vielleicht waren die Ponys deshalb nicht wie sonst an die Stalltür getreten, um ihre Köpfe hinauszustrecken. Höchstwahrscheinlich mussten sie sich erst noch eingewöhnen, zumindest versuchte ich mir das einzureden. Wren und Magpie waren eine halbe Ewigkeit auf dem Reiterhof gestanden. Das war ihr Zuhause gewesen. Bei Minstrel lagen die Dinge etwas anders, da sie von einem Angloaraber-Gestüt stammte. Dad hatte sie gekauft, nachdem Danny weg war.

Aber ich wollte jetzt nicht an Danny denken.

Ich hatte Minstrel zu meinem vierzehnten Geburtstag bekommen, und mittlerweile gehörte sie mir seit einem knappen halben Jahr. Ich konnte mich nicht daran erinnern, dass es damals bei der Eingewöhnung irgendwelche Schwierigkeiten gegeben hatte.

„Will noch jemand etwas?“, fragte Mum. Als alle laut aufstöhnten und sagten, sie seien satt, erhob sich Mum, um etwas zu trinken zu holen.

Christopher und Holly begannen sich über Monarchs Zustand zu unterhalten. Das große Pferd hatte Bandscheibenprobleme. Christopher hatte die Wirbelsäule bereits behandelt und wollte es jetzt mit einer so genannten Hydrotherapie versuchen.

„Heute Nachmittag bräuchte ich deine Hilfe, Holly, wenn das geht“, sagte er.

„Gern“, bot Holly an.

Nach dem Essen verschwand Christopher in seine Wohnung, die über den Stallungen lag, und Bill und Dad zogen los, um neues Saatgut einzulagern. Mum hatte noch ein paar Anrufe zu erledigen, und so schlug Natalie vor, dass wir beide den Abwasch erledigten. Danach machten wir uns an die Hausaufgaben. Hatten wir diese erst einmal erledigt, konnten wir uns morgen ganz dem Reiten widmen.

Es war sehr gemütlich in der Bauernküche mit dem bullernden Herd zu sitzen. Scamp hatte es sich davor bequem gemacht und schnarchte laut. Ich öffnete meine Lateingrammatik und sah flüchtig zu den Stallungen hinüber. Wieder musste ich daran denken, wie ich die Wände gestrichen hatte. Ich hatte ein Pferd gehört, obwohl gar keines dagewesen war.

Und das war noch nicht alles.

Letzte Nacht hatte mich etwas unsanft aus dem Schlaf gerissen. Der Mond erhellte mein Zimmer, und erst dachte ich, ich sei davon aufgewacht. Aber das war es nicht, sondern das Trappeln und Klappern von Hufen vor dem Haus. Dann und wann hörte ich ein metallenes Klappern, so als wenn ein Huf auf Steine oder Geröll einer schlecht geteerten Straße tritt.

Nur dass es da draußen keine Straße gab, sondern lediglich einen Obstgarten, der erst in Felder und dann in bewaldete Hügel überging. Mein Zimmer lag auf der Westseite. Die einzige Straße, die es gab, verlief auf der Hausvorderseite, aber da war erst noch die lange Auffahrt. Aus einer derartigen Entfernung hätten mich die Pferde unmöglich wecken können. Außerdem hatte ich sie nicht auf der Dorfstraße gehört, sondern direkt unter meinem Fenster.

Mir schlug das Herz bis zum Hals. Ich lag da und lauschte, aber dann war kein Hufschlag mehr zu hören. Ich muss geträumt haben, dachte ich verwirrt. Bestimmt habe ich nur geträumt. Seit Tagen erwartete ich sehnsüchtig Minstrels Ankunft. Meine Gedanken kreisten nur um sie. Kein Wunder, dass ich da von einem Hufschlag träumte. Ich hielt den Atem an und lief zum Fenster.

Draußen war nichts zu sehen außer den nackten Zweigen eines Apfelbaums, die sanft im Wind hin und her wehten. Der Mond stand hoch am Himmel. Die ganze Umgebung war in ein unheimliches, bläuliches Licht getaucht, und der Wald hob sich schwarz gegen den Himmel ab. Bald würde ich den Dachs wieder in der Hecke rascheln hören. Manchmal kam eine ganze Kolonie von Dachsen hier vorbei, die unter dem Sternenhimmel nach Würmern gruben. Schnell zog ich den Vorhang zu, schlüpfte wieder in mein warmes Bett und zog mir die Decke über den Kopf.

Eins war sicher: Ich hatte Hufschlag gehört. Das hatte ich mir nicht nur eingebildet.

Am nächsten Morgen, noch bevor die anderen auf waren, lief ich hinaus, um den Boden mit einer Taschenlampe nach Spuren abzusuchen. Ich war nicht weiter überrascht, keine zu finden.

Grübelnd stand ich mitten im Obstgarten, während mir die ersten eisigen Regentropfen ins Gesicht schlugen. Das Geräusch war auf einem härteren Untergrund erzeugt worden, auf einem Kiesweg oder einem festen Pfad. Und nicht alle der Pferde waren beschlagen gewesen. Ich hatte die beschlagenen und unbeschlagenen Hufe deutlich voneinander unterscheiden können. Es mussten viele Pferde gewesen sein, vielleicht zwanzig oder dreißig.

„Emma“, unterbrach mich Richard plötzlich in meinen Gedanken. „Was starrst du da vor dich hin? Ich beobachte dich schon eine ganze Weile!“

„Ich starre doch gar nicht.“

„Und ob du starrst.“

Natalie sah von ihrem sorgfältig gezeichneten Schema des menschlichen Verdauungsapparates auf. „Mach dir nichts draus, Richard. Sie träumt bloß von Nick. Zu blöd, wirklich: Da findet Em endlich mal einen Freund, und dann muss sie ihn zurücklassen.“

Richard kicherte bloß. „Em und Nick Cavendish – unglaublich! Das ist ja wohl Nicks Lieblingswort.“ Er legte den Kopf schräg und äffte Nick nach: „Unglaublich!“

Ich lief rot an. „Nein, stimmt nicht. Ich habe an etwas ganz anderes gedacht.“

„Bestimmt an Minstrel“, meinte Richard. „Komisch, dass

ihr der Stall nicht gefällt. Wren schien sich auch nicht recht wohl zu fühlen. Irgendetwas stimmt nicht mit Gleggs Hall."

Wir starrten ihn an. „Was soll das heißen?", fragte ich.

„Dieser komische Taubenschlag. Dad sagt, er ist viel älter als das Haus, weil er aus Stein ist und nicht aus Ziegeln. Er hat gesagt, dass man früher eine königliche Charta haben musste, um einen Taubenschlag besitzen zu dürfen." Richard hielt kurz inne. Dann fragte er: „Was ist das eigentlich, eine Charta?"

„Ein juristisches Dokument, eine eigens aufgesetzte Urkunde", antwortete ich. „Weißt du denn überhaupt nichts?"

„Auf jeden Fall mehr als du!"

„Und was zum Beispiel?"

„Sind dir die Säulen an der Treppe schon mal aufgefallen?"

Natalie war ratlos. „Wie bitte, was?"

„Er meint die gedrechselten Säulen", erklärte ich ihr. „Du weißt schon, die am Fuß der Treppe stehen."

„Oh ja", nichte Natalie. „Und was ist damit?"

In Gleggs Hall gab es zwei Treppen. Eine große, geschwungene im Eingangsbereich des Hauses und eine steile Hintertreppe, die zur Küche führte. Automatisch wanderten unsere Augen zu ihr hinüber.

„Nicht die hier", winkte Richard ab. „Die andere. Wenn ihr unbedingt wollt, zeige ich es euch."

Kapitel 2

„Sie unterscheiden sich“, sagte Natalie.

Die steinernen Säulen hatten die Form eines Wolfskopfes, der die Ohren angelegt hatte und die Zähne fletschte. Auf den ersten Blick waren die beiden identisch. Doch bei näherem Hinsehen war die rechte blasser und glatter als ihr Gegenüber. Die linke hatte eine wesentlich unregelmäßigere Oberfläche und musste älter sein. Das schummrige Licht, das durch das Fenster über der Haustür hereindrang, verlieh den Wolfsaugen einen gelben Schimmer. Sie sahen aus wie echt.

Ich wollte sie anfassen, schreckte jedoch fröstelnd davor zurück. „Huh! Die sind mir unheimlich.“

„Mir auch“, keuchte Natalie. „Genauso gruselig wie die Ställe. So genau hab ich mir die Säulen noch nie angesehen. Ich dachte immer, das seien Hunde.“

„Nun, Hunde sind das auf keinen Fall. Das hier sind Wölfe.“ Richard warf seinen Kopf in den Nacken und ließ ein Wolfsgeheul ertönen, woraufhin Scamp vor Aufregung bellend in die Halle gerannt kam.

„Geschieht dir ganz recht, wenn dich gleich einer von denen verschlingt“, herrschte ich Richard an. „Ich geh mal nach Minstrel sehen.“

Endlich hatte es aufgehört zu regnen. Im Hof stand Christopher und spritzte seinen Wagen ab. „Morgen sieht der wieder genauso aus“, brummelte er. „Die Straßen hier sind so was von dreckig. Daran sind nur die Traktoren schuld, die den ganzen Boden aufreißen. Früher sind die Bauern bei so einem Matschwetter erst gar nicht aufs Feld gefahren.“

„So wie Dad, meinst du.“

„Ganz genau. Dein Dad hält sich an die traditionellen Methoden. Anders geht das auch nicht bei biologischem Anbau.“

Auf dem Rücksitz lag ein Bündel Werkzeuge. Eine komplette Schmiedeausrüstung, die viel Geld gekostet hatte, wie alles, was meine Eltern angeschafft hatten. Dazu gehörte auch eine Kneifzange, mit der Richard schon gedroht hatte, uns die Zähne zu ziehen. Doch diesmal hatte Dad nicht gelacht, sondern ihm kurz und bündig gesagt, jetzt sei Schluss mit der Blödelei. Werkzeuge seien schließlich keine Spielsachen. Daraufhin hatte sich Richard beleidigt verzogen.

Eigentlich hatte Dad Richard gar nicht so anfahren wollen. Aber die vielen Kredite, die er hatte aufnehmen müssen, um den Hof hier auf die Beine zu stellen, machten ihm Sorgen. Er und Mum würden nicht eher ruhen, bis das Gleggs-Hall-Therapiezentrum florierte und alle Schulden abbezahlt waren.

Christopher folgte meinen Blicken. „Das hier kommt in die Schmiede. Andy Ross soll es sich ansehen.“

„Gute Idee.“ Ich starrte auf die leeren Felder und den dunklen Waldrand. Instinktiv drehte ich mich zu Christopher herum. „Chris, hörst du manchmal Hufschlag?“

Er lachte nur. „Was glaubst du wohl?“

„Ich meine nicht Piper oder Monarch oder unsere. Anderen Hufschlag.“

„Hier in der Gegend sind viele Reiter unterwegs. Einen Reitverein gibt es auch in der Nähe. Vielleicht hast du auch davon gehört, Emma.“

„Und was ist mit Geistern? Meinst du, es spukt hier?“

Er schnaubte belustigt. „Ich bitte dich! So etwas gibt es nicht. Ich habe schon an Orten gewohnt, die wesentlich älter waren als Gleggs Hall und über die so manche Schauergeschichte erzählt worden ist. Aber Gespenster habe ich noch kein einziges gesehen.“

Er wandte sich ab, um das Wasser abzudrehen, und ich ging in Richtung Stall.

Minstrel begrüßte mich mit einem kräftigen Wiehern.

„Hallo, mein Mädchen“, sagte ich und steckte ihr einen Leckerbissen zu. Ich band sie fest, nahm eine Kardätsche vom Fenstersims und begann sie zu striegeln. Christopher war inzwischen losgegangen, um Monarch zu holen. Ich konnte hören, wie er ihn vor der Hydrotherapie-Anlage untersuchte.

Als ich ihn das erste Mal sah, hatte er mir schrecklich Leid getan. Seine großen dunklen Augen hatten mich schmerzerfüllt angeblickt, und er konnte damals kaum gehen. Jetzt verfolgte er mit Interesse, was um ihn her geschah, und sein Gang war zunehmend flotter geworden.

„Wetten, dass du morgen früh wieder ganz die Alte bist?“, sagte ich zu Minstrel, während sich mein Magen zusammenzog. Der frühere Reiterhofbesitzer hatte die Tiere in Abwesenheit der Kinder nicht bewegt; es war also Wochen her, dass Minstrel das letzte Mal geritten worden war. Dementsprechend temperamentvoll würde sie auch sein.

Sie verrenkte sich den Hals und schnupperte an mir. Erst an meiner Reithose, dann an meiner Jacke und zum Schluss an meinem Haar. „Na, erkennst du mich wieder?“, fragte ich sie, woraufhin sie wie bejahend schnaubte.

Das Heu lag immer noch unberührt in der Heuraufe. Ich zog etwas davon heraus und bot es ihr an. Sie schnappte nach ein paar Halmen und kaute hungrig darauf herum. Doch als ich versuchte, sie zur Heuraufe zu locken, rührte sie sich nicht von der Stelle. „Hier, nimm.“ Ich nahm das ganze Heu aus der Raufe und schichtete es neben der Tür auf. Dann ging ich zu Wren hinüber und tat dasselbe. Als ich den Stall verließ, fraßen beide Pferde zufrieden ihr Heu.

Wir hatten einen langen Tag hinter uns und gingen früh zu Bett. Ich las noch, bis mir die Augen zufielen. Scamp war bei mir. Sollte mich dieser gespenstische Hufschlag erneut wecken, wollte ich nicht allein sein. Mum hatte erst gemurrt, aber schließlich doch nachgegeben.

„Aber lass ihn bloß nicht zu dir aufs Bett“, ermahnte sie mich.

Und nun lag ein zuckender und von Kaninchen träumender Scamp warm und tröstlich auf meinen Füßen. Hier kann mir nichts passieren, war das Letzte, was ich dachte, bevor ich in einen tiefen Schlaf fiel.

Mit Herzklopfen schrak ich hoch, denn ich hörte Hufgetrappel und sah, wie Scamp zum Fenster hinaufsprang und wie verrückt bellte. „Ruhe!“, zischte ich ihn an, schlug die Decke zurück und ging nachsehen. Als ich Scamp, der mittlerweile nur noch ein zappelndes Bündel war, auf den Arm nahm, warf ich einen Blick aus dem Fenster – und ließ den armen Kerl vor Schreck gleich wieder fallen.

Gleich unter mir donnerte Minstrel vorbei, gefolgt von Wren und Magpie. Wie angewurzelt blieb ich stehen und sah, wie sie über die Obstgartenhecke sprangen und auf die Straße zu galoppierten. Scamp bellte, hüpfte nach wie vor wie wild auf und ab und riss mich aus meiner Erstarrung.

„Mum, Dad!“, rief ich und stürmte auf den Flur, den kläffenden Scamp im Schlepptau. Dort traf ich auf meine Eltern, die gerade verschlafen aus ihrem Zimmer kamen und wissen wollten, was hier eigentlich los war.

„Die Ponys sind ausgerissen!“, keuchte ich.

„Was ist denn los?“, rief Natalie über den Flur.

„Die Ponys sind ausgerissen“, wiederholte ich. „Zieh dich schnell an. Los, jetzt beeil dich, wir müssen hinterher. Wo ist eigentich Richard? Ah, da bist du ja endlich. Komm schon! Wir müssen den Ponys hinterher!“

Ich sprang in meine Reithosen, streifte mir einen dicken Pulli über und zog die Stiefel an, dann rannte ich ins Erdgeschoss und aus dem Haus. Inzwischen hatte der Lärm alle geweckt. Auf dem Hof gingen die Lichter an, und dann stand auch schon Holly da. Sie war noch im Schlafanzug, hatte sich nur kurz einen Mantel übergeworfen und sah verdutzt zu den Ställen hinüber. Alle Türen standen sperrangelweit offen und

schwangen knarrend hin und her. Minstrels Tür sah völlig zerstört aus.

Christopher kam vom neuen Hof herüber und zog sich noch im Laufen eine Jacke über. „Was ist denn hier los?"

„Die Ponys sind ausgerissen", erklärte Dad und gab dann jedem Anweisungen. „Chris, du kommst mit mir und den Mädchen. Holly, du siehst zu, dass du irgendetwas wegen der Türen unternimmst. Richard, du bleibst bei deiner Mutter. Und du Jane", wandte er sich an Mum, „rufst die Polizei. Sag ihnen, die Ponys sind ausgerissen. Wahrscheinlich laufen sie Richtung Hauptstraße."

„Warum muss ich ...", fing Richard an.

„Tu einfach nur, was man dir sagt!", bellte Dad ihn an. „Und jetzt kommt. Schnappt euch ein paar Halfter und einen Eimer Futter. Ach ja, vergesst bloß die Taschenlampen nicht. Ich lass schon mal den Wagen an."

Es stürmte und der Mond erhellte die Nacht. Wir suchten alles nach den Ausreißern ab, sausten über die Auffahrt, dann durch den Wald und schließlich durch das schlafende Dorf. Plötzlich gabelte sich die Straße. Dad kam mit quietschenden Reifen zum Stehen. „Wohin jetzt?"

Christopher sprang aus dem Wagen und suchte die Straße mit der Taschenlampe nach möglichen Spuren im Schlamm ab. Er rief etwas und deutete in die eine Richtung: „Hier entlang!"

Dad seufzte erleichtert auf. „Gut. Der andere Weg führt zur Autobahn. So haben wir bessere Chancen, sie heil wieder einzusammeln."

Innerlich sprach ich ein Stoßgebet. Bitte mach, dass Minstrel nichts passiert. Ich werde mich bestimmt nie mehr mit Richard streiten, Hauptsache, wir bekommen die Ponys heil zurück. Natalie, die neben mir im Auto saß, schien ein ähnliches Gelübde abzulegen. Ihre Hände waren zu Fäusten geballt und ihre Lippen bewegten sich lautlos.

Mit heruntergekurbelten Fenstern fuhren wir eine schlammige Straße nach der anderen ab und riefen die Ponys bei ihren Namen. Doch keine Spur von ihnen. Schließlich gaben wir auf und fuhren zurück nach Hause.

Mum wartete schon auf uns, der Teekessel war bereits aufgesetzt. Richard, Scamp auf dem Schoß, war im Stuhl neben dem Herd eingeschlafen. Entmutigt ließen wir uns auf unsere Stühle fallen und griffen dankbar nach dem Toast und den heißen Getränken, die Mum uns reichte.

„Ich hab die Polizei angerufen“, sagte sie. „Die waren sehr hilfsbereit. Sie geben den Bauern hier in der Gegend Bescheid. Sie melden sich, sobald sie was wissen.“

„Je früher, desto besser“, sagte Christopher.

„Ich versteh einfach nicht, warum sie ausgerissen sind.“ Dad fuhr sich erschöpft übers Kinn. Er sah sich suchend um. „Wo ist Holly?“

„Ich hab sie zurück ins Bett geschickt. Schließlich müssen nicht alle die Nacht zum Tag machen“, sagte Mum. „Sie hat zwei der Türen provisorisch repariert, aber die von Minstrel ist hoffnungslos demoliert.“

Dad stöhnte. „Noch mehr Kosten. Und wenn wir schon dabei sind, können wir auch gleich alle drei austauschen. Solange sie nicht repariert sind, könnt ihr die Boxen allerdings nicht benutzen“, sagte er zu mir, da Natalie mit ihrem angebissenen Stück Toast in der Hand eingedämmert war.

„Wir können sie mit den dicken Decken auf die Weide stellen – vorausgesetzt, wir fangen sie wieder ein“, sagte ich mit zittriger Stimme.

„Natürlich fangen wir sie wieder ein.“ Mum drückte beruhigend meine Hand.

Draußen wurde es schon wieder hell. Christopher stand auf und streckte sich. „Ich werd mal nach unseren Patienten sehen. Hoffentlich kommen die nicht auch noch auf die Idee auszureißen, denn dann bekommen wir zu allem Überfluss auch noch Ärger mit ihren Eigentümern. Nicht gerade ein guter Einstieg, was?“

Wir hörten seine Stiefel auf dem Kopfsteinpflaster. Die Standuhr im Wohnzimmer schlug sechs. Ich gähnte laut.

„Warum gehst du nicht ins Bett, Emma?“, fragte Mum.

Ich nickte und stemmte mich aus meinem Stuhl hoch. Als ich die Hintertreppe beinahe schon bewältigt hatte, klingelte das Telefon. Mum ging dran. „Jane Blake am Apparat. Was? Sie haben sie gefunden? Das ist ja großartig!“ Sie schwieg, als der Anrufer weitersprach. Dann sagte sie: „Ach, du meine Güte“ und „Ich verstehe“.

Der wütende Wortschwall riss nicht ab und hallte durch den ganzen Raum. Schließlich sagte Mum, „Tut mir Leid, dass sie solche Unannehmlichkeiten hatten. Wir werden alles tun, um den Schaden wieder gut zu machen. Am besten, wir kommen die Ponys sofort abholen. Auf Wiederhören, Mr. Anderson. Danke, dass Sie sich sofort gemeldet haben.“

Sie legte auf und drehte sich zu uns um. „Das war Josh Anderson von der Maybury Hill Farm. Die Ponys müssen wieder umgekehrt sein. Zuerst die gute Nachricht: Alle drei sind wohlauf und stehen in seiner Scheune. Und jetzt die schlechte: Sie habe ein ganzes Feld mit Wintergerste zertrampelt und seine Auffahrt verwüstet. Andere Grundstücke sollen anscheinend auch betroffen sein.“

„Mist!“, grummelte Dad, was unter diesen Umständen mehr als milde war.

Da wir noch keinen großen Pferdetransporter hatten und der Anhänger nicht groß genug für alle drei war, beschlossen wir Sattel- und Zaumzeug mitzunehmen und mit den Ponys zurückzureiten.

Das war alles andere als ein Vergnügen. Wir überließen Dad dem wütenden Farmer und den anderen Dorfbewohnern, deren Vorgärten ebenfalls durch Hufspuren verunziert worden waren, und machten uns auf den Heimritt.

„So ein Getue!“, knurrte Natalie. „Das haben die Ponys schließlich nicht mit Absicht getan. Mr. Anderson hätte sie nicht zusammen in die Scheune sperren dürfen. Wren hasst es,

mit Minstrel zusammengepfercht zu sein. Ich wette, sie haben ausgeschlagen, was das Zeug hält. Arme Wren! Minstrel gewinnt doch immer."
Ich war drauf und dran, etwas zu sagen, aber ein Blick in ihr bleiches Gesicht genügte, dass ich den Mund hielt. „Wren scheint in Ordnung zu sein", sagte ich stattdessen und kämpfte weiter mit Minstrel, die seitlich ausbrechen wollte.

„Kannst du das Minstrel nicht abgewöhnen, Emma?", beschwerte sich Richard verärgert bei mir. „Sie bricht ständig aus – und das nervt mich."

Er klang furchtbar müde. Wieder biss ich mir gerade noch rechtzeitig auf die Zunge und strengte mich doppelt an, Minstrel zur Räson zu bringen. „Ruhig, ganz ruhig mein Mädchen. Langsam geradeaus, das kannst du doch, oder?"

Doch es war hoffnungslos. Minstrel bockte den ganzen Heimritt lang. Der war alles andere als ein Vergnügen – eher eine Art Härtetest. Als wir durch Maybury ritten, stürmte ein bellender Hund auf uns zu und Minstrel bockte, so dass ich auf ihren Hals rutschte. Ich arbeitete mich in den Sattel zurück, rammte meine Füße in die Steigbügel und nahm die Zügel kürzer. „Minstrel – langsam!"

„Bill meint, das liegt am Hafer, wenn sich Ponys so aufführen", sagte Richard.

„Minstrel bekommt doch gar keinen Hafer."

„Sie bekommt Fertigfutter. Da ist auch Hafer drin. Bill hat gesa..."

„Halt doch die Klappe, Richard", meckerte Natalie. „Was Bill sagt, interessiert uns nicht die Bohne."

Richard starrte finster vor sich hin. „Bill ist in Ordnung. Er wird mich und Magpie im Springreiten trainieren, damit ich beim Maybury-Turnier mitmachen kann."

Bei seinen Worten zog sich in mir alles zusammen. Ich sah das Hindernis vor mir auftauchen, spürte, wie sich das Pony versammelte ... und dann ging alles schief und wir rasten mit voller Wucht hinein.

Das Dorf hatten wir hinter uns gelassen, aber bis nach Hause war es noch weit. „Sieh mal, ganz da hinten kann man schon unsere Schornsteine sehen“, sagte Natalie. Rauch stieg aus einem der großen Schornsteine, der jetzt deutlich durch die Bäume schimmerte. „Schade, dass es keine Abkürzung gibt.“

„Gibt es aber nicht“, brummelte Richard und ritt weiter.

Als wir das Eingangstor von Gleggs Hall erreicht hatten, trabten wir dankbar auf den Hof. Dort wartete Holly bereits auf uns. „Hallo, ihr drei. Alles in Ordnung?“

„Bestens“, sagte Richard mit Nachdruck.

„Es geht so“, meinte Natalie.

„Zumindest haben wir sie wieder heil eingesammelt.“ Ich ließ mich erschöpft aus dem Sattel gleiten, zog die Steigbügel hoch und sah mich um. „Das ist ja toll, du hast die Türen repariert.“

„Fürs Erste dürfte es reichen“, entgegnete Holly. „Das Bauunternehmen, das die neuen Stallungen errichtet hat, kommt nachher vorbei und nimmt Maße für neue. Ich hole schon mal die warmen Decken, damit wir die Racker auf die Weide stellen können.“

Bill Garson kam mit seinem Mountain Bike auf den Hof gesaust. „Ich habe gehört, ihr habt Probleme. Die Ponys müssen eigentlich direkt bei mir vorbeigekommen sein. Aber ich habe gar nichts gehört.“

„Sie haben wohl einen gesegneten Schlaf, was?“, fragte Holly spöttisch.

„Immer gehabt. Komisch, dass die einfach so abhauen.“

„Sehr komisch“, sagte ich und machte zwischendurch ein paar Dehnübungen.

Was für eine Erleichterung, die Ponys absatteln und auf die Koppel bringen zu können! Dort ließen wir sie das kurze Wintergras abweiden und gingen schweigend zum Haus zurück.

Dad wartete schon auf uns. Es war ihm gelungen, Josh Anderson und die verärgerten Dorfbewohner zu besänftigen.

„Das dürft ihr ihnen nicht übel nehmen“, sagte er sachlich. „Anscheinend ist das nicht das erste Mal, dass so etwas vorkommt. Josh Anderson zufolge besaßen die Leute, die vorher hier gewohnt haben, ebenfalls Ponys, die ständig ausgerissen sind und große Schäden angerichtet haben. Ich kann hier keinen Ärger gebrauchen. Sein Grundstück grenzt direkt an unseres. Wir sind schließlich Nachbarn und sollten wohl besser miteinander auskommen.“

„Aber natürlich“, stimmte Mum zu.

„Die müssen Gespenster gesehen haben, so wie die reagiert haben“, sagte Dad und runzelte die Stirn. „Ich kann mir bloß nicht vorstellen was.“

„Vielleicht spukt es hier“, fiel Richard ein.

Mums haselnussbraune Augen verdunkelten sich und sie lachte ängstlich auf. „Gespenster? Die haben uns gerade noch gefehlt!“

Die ganze Zeit über hatte ich versucht mir einzureden, dass ich mir den Hufschlag bloß eingebildet hätte – schließlich verfüge ich über eine rege Fantasie, das hat man mir im Literaturunterricht schon mehrfach bestätigt. Außerdem war Gleggs Hall nur ein ganz normaler Bauernhof. Gut, da waren der Taubenschlag und die eingemeißelten Wolfsköpfe. Zugegeben, auch Natalie war das Ganze unheimlich gewesen. Aber das bedeutete noch lange nicht, dass es hier spukte.

„Unsinn, Richard!“, sagte Dad und sprach genau das aus, was ich gerade dachte. „Gleggs Hall ist ein ganz normales Bauernhaus. Hier haben ganz gewöhnliche Leute gelebt. Wer hat denn jemals etwas von einem spukenden Bauern gehört!“

Wir brachen in ein erleichtertes Gelächter aus und unsere Stimmung stieg beträchtlich.

Später rief Nick an. „Hallo, Em. Wie geht's?“

„Na ja ...“, als ich seine Stimme hörte, musste ich wieder daran denken, wie unglaublich gut er zu Pferd aussah, wenn der Wind sein braunes Haar zu kleinen Löckchen ringelte. Mir fielen seine klaren braunen Augen wieder ein, in denen stets so eine gewisse Wärme lag und die ich so besonders gerne mochte.

Und schon war ich dabei, ihm alles zu erzählen. Angefangen von dem mitternächtlichen Hufschlag bis hin zu den ausgerissenen Ponys.

„Klingt spannend“, war alles, was er dazu sagte. „Was hältst du davon, wenn ich dich Ostern besuchen komme?“

Mir blieb fast das Herz stehen. „Nick, sei ehrlich, würdest du das wirklich tun?“

„Aber natürlich. Das heißt, unter zwei Bedingungen. Erstens: Dein Bruder beschattet uns nicht die ganze Zeit. Und zweitens: Ich darf Bryn mitbringen.“ Bryn ist Nicks Welsh Cob. Die beiden sind unzertrennlich.

„Akzeptiert“, sagte ich atemlos. Nur noch sechs Wochen, und Nick würde hier sein. Ich würde die Tage auf meinem Pferdekalender ausstreichen. Wir telefonierten noch ein wenig, dann legte ich auf.

„Geht das in Ordnung, wenn Nick uns in den Osterferien besuchen kommt?“, fragte ich meine Eltern.

„Von mir aus gern“, sagte Dad.

„Ich freue mich, Nick bei uns zu haben“, pflichtete Mum bei. „Und Bryn auch. Wir werden eine freie Box vorbereiten müssen.“

„Am besten, ihr überprüft gleich mal die Tür“, sagte Richard. „Bei diesem grobschlächtigen Vieh. Wenn der ausreißt, bekommen wir erst recht Ärger.“

„So etwas würde Bryn nie tun!“, fauchte ich. „Außerdem ist er nicht grobschlächtig. Bryn ist ein Cob, und Cobs haben einen etwas kräftigeren Körperbau. Und wo ich schon einmal dabei bin, Richard: Kein Hinterherspionieren.“

„Warum sollte ich?“

„Tu nicht so unschuldig.“ Ich spürte, wie ich knallrot wurde. „Manchmal bist du wirklich das Allerletzte. Wie damals, als du Nick eine tote Maus ins Bett gelegt hast.“

„Wie kommst du nur darauf, dass ich so etwas tun würde?

Ich hab dir doch gesagt, dass sie dort gestorben sein muss und dass ich nichts damit zu tun habe."

„Mäuse klettern ständig in die Betten fremder Leute und lassen dort ihr Leben – das glaubst du doch wohl selbst nicht!"

„Ich frage mich", schaltete sich Dad diplomatisch ein, „ob du mir in den Ferien nicht gelegentlich auf den Feldern zur Hand gehen könntest."

Richards Miene hellte sich auf. Seit wir hier angekommen waren, spekulierte er darauf, mit dem Traktor zu fahren. „Im Ernst? Toll!"

„Das wäre also geklärt", sagte Dad mit einem Kopfnicken.

„Dreck verspritzen und Schlamm durchpflügen", lästerte ich. „Igitt!"

„Da fällt mir ein, dass ich in dem ganzen Durcheinander meine Hausaufgaben für das Biobauernprojekt, das wir gerade in der Schule durchnehmen, nicht gemacht habe. Das wird mir ganz schön Ärger einbringen", sagte Natalie bedrückt.

Doch es sollte noch schlimmer kommen. Am nächsten Tag kamen Natalie und ich von der Schule nach Hause und sahen, wie Dad, Christopher und Bill innerhalb der von Hecken begrenzten Ponyweide einen stabilen Zaun errichteten. Richard sah ihnen dabei zu. Er trug noch immer seine Schuluniform, seine Schultasche stand neben ihm auf der Erde. Die Maybury-Grundschule war mit dem Fahrrad zu erreichen, und so war er stets als Erster zu Hause.

„Die Ponys haben versucht auszubrechen", sagte Dad und hielt kurz inne, um seinen schmerzenden Rücken zu strecken. Es dämmerte bereits, und die anderen fuhren mit ihrer Arbeit fort, solange man noch etwas sehen konnte. „Auch das noch! Als ob wir nicht auch so schon alle Hände voll zu tun hätten!"

„Wir haben sie bewegt", sagte ich aus dem Bedürfnis heraus, die Ponys zu verteidigen. Wir waren früh aufgestanden und die dunklen Dorfstraßen entlang getrabt, Reflektoren an unseren Ärmeln und am Schweif unserer Ponys. Richard war der Einzige, der seinen Ausritt auf dem braven kleinen Magpie genoss. Wren hatte sich Natalie ziemlich widersetzt, und Minstrel hätte mich zweimal beinahe abgeworfen.

„Trotzdem hatten sie noch genügend Hummeln im Hintern“, entgegnete Dad trocken. „Erst weiden sie noch ganz normal, und dann nehmen sie plötzlich den Kopf hoch und los geht's. Sie haben versucht, durch die Hecke zu brechen, und das, obwohl sie so dicht ist. Und da haben wir uns gedacht, dass wir sie besser mit einem zusätzlichen Zaun absichern sollten.“

„Hat Wren Kratzer davongetragen?“, fragte Natalie besorgt.

„Ich glaube nicht.“ Bill Garsons Atem bildete weiße Wölkchen in der kalten Winterluft. „Ich hab versucht, den Rappschecken zu packen. Der kleine Racker hat doch tatsächlich nach mir ausgeschlagen.“

Richard grinste. „Und – hat er Sie getroffen?“

„Nein. Er wollte nur weg.“

Ich biss mir auf die Lippen. Erst dieser nächtliche Ausbruch und jetzt das. „Wo sind sie jetzt?“, fragte ich. „Ist Minstrel in Ordnung?“

„Minstrel geht es gut“, sagte Christopher. „Holly hat die drei in die neuen Stallungen gestellt, um sie zu beruhigen. Die Galoppiererei und das Wiehern haben Monarch zu Tode erschreckt.“

„Hoffentlich hat er sich die Wirbel nicht wieder ausgerenkt.“ Dad klang ziemlich genervt. Ach was, alle waren sie genervt. Sie legten ihr Werkzeug beiseite und hauchten auf ihre klammen Finger.

„Der Bauunternehmer war da“, berichtete Christopher. „Die Türen sind eingebaut. Jetzt müssen sie nur noch gestrichen werden, dann ist alles fertig.“

„Ich werde das morgen erledigen“, bot sich Bill an und sah uns aufmunternd an: „Ihr könnt die Boxen dann wieder benutzen, wenn ihr wollt.“

Dad griff nach dem Holzhammer. „Lasst uns endlich hier fertig werden.“

Erneut beugten sie sich über ihre Arbeit. Ernüchtert gingen wir nach drinnen und zogen uns um.

Meine Lieblingsreithosen aus schwarzem Stretchstoff waren in der Wäsche, und so zog ich eine abgetragene in Beige an, darüber einen dicken Pulli und eine Fleece-Weste – auch nicht mehr ganz neu, aber dafür warm und bequem. Meine Handschuhe lagen auf dem Tisch in der Halle, und so nahm ich nicht die Hintertreppe, sondern rannte die Haupttreppe hinunter in die dunkle Halle.

Es war unheimlich still hier und ich bekam eine Gänsehaut. Als ich nach den Handschuhen griff, fiel mein Blick auf die listig starrenden Augen des Wolfes. In der Dunkelheit schien der Kopf eine völlig neue Form angenommen zu haben. Es war nicht mehr nur ein Kopf, sondern das ganze Tier. Es kauerte am Boden, bereit, mich anzuspringen.

Als ich ihn wie hypnotisiert anstarrte, vernahm ich ein durchdringendes Geheul, gefolgt von einem bedrohlichen Knurren. Und zwar gleich neben mir!

„Nein!“ Ich zuckte zurück, das Herz schlug mir bis zum Hals und meine Kehle war staubtrocken. In diesem Moment ging die Tür auf. Die beiden Säulen sahen aus wie immer – zwei identische, in Stein gemeißelte Wolfsköpfe. Zitternd rannte ich in die hell erleuchtete Küche zurück, wo sich Mum und Natalie über Scamp amüsierten, der mit einem Gummitier spielte. Hier war alles ganz normal. Richard war nach draußen gegangen, um beim Bau des Zauns zu helfen, aber Natalie hatte abgelehnt, da sie noch einige Hausaufgaben zu erledigen hatte.

„Ich muss auch noch Hausaufgaben machen“, sagte ich. „Aber zuerst will ich mich um Minstrel kümmern.“

Draußen war es schon fast dunkel, und doch ertappte ich mich dabei, dass ich mir wünschte, Natalie wäre bei mir. Ich riss mich zusammen und ging mir die neuen Türen ansehen. Sie wirkten sehr stabil und hatten solide Riegel. Nie im Leben würde ein Pony hier ausbrechen können.

Hastig mistete ich die Box aus und sorgte für frisches Sägemehl und Stroh, das ich mit der Mistgabel gut in den Ecken verteilte, damit es Minstrel schön warm hatte. Dann füllte ich die Futterkrippe und den Wassereimer. In der Futterkammer fand ich einen Sack Möhren. Ein paar davon schnitt ich der Länge nach durch, um Minstrels Fertigfutter damit anzureichern. Schließlich nahm ich das Halfter und ging sie holen. Monarch und Piper hatten bereits ihre Köpfe über die Stalltüren gestreckt, und so gab ich auch ihnen einen Leckerbissen. Sofort spuckte Monarch seine Möhre auf den sauber gefegten Hof.

„Schuft!", schalt ich ihn, tätschelte ihn aber trotzdem. „Warte nur, bis Holly das sieht!"

Magpie döste in einer Ecke seiner Box, während Minstrel und Wren an ihrem Heu knabberten. Alle drei Ponys wirkten hochzufrieden, so als zögen sie den modernen Komfort ihren alten Boxen bei weitem vor. Ich ging zu Minstrel hinein, legte ihr das Halfter um und öffnete die Stalltür. „Jetzt komm schon, Minstrel."

Inzwischen war es bereits völlig dunkel. Alle waren nach drinnen gegangen, um sich bei einer großen Tasse Kaffee wieder aufzuwärmen. Niemand hatte daran gedacht, die Halogenlampen einzuschalten, und Minstrel grunzte alarmiert, als ich sie durch den dunklen Hof führte. Der Taubenschlag leuchtete mir aus der Dunkelheit entgegen, eine buckelige Form, vor der Minstrel scheute. Ihre Hufe klapperten auf dem Kopfsteinpflaster.

„Schön brav sein. Hier wären wir." Ich schaltete das Licht in der leeren Box an, führte Minstrel hinein und verriegelte die Tür.

Sie hatte stark geschwitzt. Ich nahm eine Kardätsche und striegelte sie mit festen Strichen, um den schlimmsten Schmutz zu entfernen. Ich spürte, wie ich mich langsam entspannte, und auch Minstrel seufzte zufrieden. Ich nahm eine der weicheren Bürsten und fuhr fort, sie langsam zu striegeln.

Dabei achtete ich die ganze Zeit darauf, durch die Nase zu atmen, um den feinen Staub bloß nicht in den Mund zu bekommen.

„Emma."

Die Stimme schien aus dem Nichts zu kommen. Minstrels Kopf schoss hoch und mir fiel die Bürste aus der Hand. Einen Moment lang stand ich einfach nur da wie angewurzelt und fragte mich, ob ich mir die Stimme vielleicht doch nur eingebildet hatte.

„Emma", tönte es erneut. Es war eine männliche, kräftige, mir völlig unbekannte Stimme. Die Dunkelheit schien sich um mich herum zu verdichten. Es war so still, dass ich eine Maus hören konnte, die oben im Gebälk an einem der Strohhalme knabberte. Langsam drangen andere Geräusche zu mir durch; das Kratzen und Stampfen von Hufen auf einem Steinboden und das gleichmäßige Mahlen der Kiefer von Pferden. Ketten klirrten in den Ringen, an denen sie angebunden waren, und plötzlich wieherte ein Hengst.

Ich sog den warmen Geruch von Heu, Dung und Pferd ein und sah, dass das elektrische Licht dem Flackern einer Laterne gewichen war, die von einem der Dachbalken hing. Das Dach war niedrig und nur behelfsmäßig gedeckt. Mir wurde kalt an den Knöcheln. Verwirrt streckte ich meine Hände nach Minstrel aus ... nur dass da nicht Minstrel stand und den Kopf zu mir gedreht hatte, um mich stolz zu mustern, sondern eine andere Fuchsstute.

Jemand trat aus dem Schatten hervor. „Meine Güte, ich dachte Ihr seid Emma! Ihr kennt doch die Regeln, Frauenzimmer? Nur Emma darf Falada striegeln."

„Aber ich bin Emma", sagte ich.

Kapitel 3

Er war jung und gut aussehend, wenn auch auf eine verwegene Art. Besser gesagt, er hätte sehr gut aussehen können, wäre er nicht so schrecklich schmutzig gewesen. Er hatte dunkles Haar, ein markantes Kinn und ein dreckverschmiertes, wettergegerbtes Gesicht. Seine braunen Hosen und das braune Wollwams, das vorne von Lederriemen zusammengehalten wurde, waren schmutzig und zerknittert, seine Stiefel aus weichem schwarzem Leder waren zerborsten und schmutzverkrustet.

Verwirrt und etwas unsicher stammelte ich: „Wo ... wo kommen Sie denn her?“

„Na, woher schon, von Gleggs Hall natürlich.“

Jetzt hörte sich seine Stimme schon nicht mehr so fremd an. Ich sah, dass die Boxen durch einzelne Holzwände voneinander abgetrennt waren. Der Steinfußboden ging in eine zentrale Stallgasse über, in die die Exkremente flossen – und davon gab es mehr als genug.

Ich träume, dachte ich. Das kann doch alles nicht wahr sein. Doch dann zwickte mich die Stute, die in ihrem schmutzigen Stroh scharrte, kräftig in den Arm.

„Au!“, schrie ich auf und rieb mir den blauen Fleck.

Der junge Mann grinste. „Das ist der Grund, warum nur Emma Falada striegelt. Sie ist Emmas Stute und das weiß sie auch. Und Ihr heißt auch Emma, sagt Ihr?“

Er musterte mich belustigt und ein wenig neugierig. „Welch merkwürdige Kleidung Ihr tragt für ein Frauenzimmer. Ihr seid bestimmt mit einem der Stallburschen verwandt, die Jenkins eingestellt hat, hab ich recht?“

„Ja“, sagte ich und nutzte meine Chance. Unter den gegebenen Umständen schien es mir das Vernünftigste, mich als Stallmädchen auszugeben.

„Wisst Ihr überhaupt, wer ich bin?“

Kein Stallbursche, vermutete ich. Er war zwar ungepflegt, aber sein Auftreten ließ etwas anderes vermuten. „Nein, tut mir Leid. Ich bin neu hier und kenne noch niemanden“, sagte ich vorsichtig.

„Darf ich mich vorstellen.“ Er deutete eine Verbeugung an. „Piers Lupus, der zukünftige Herr von Gleggs Hall.“

Es verschlug mir die Sprache. Was ging hier vor? Ich konnte doch unmöglich in so eine Raum-Zeit-Falle geraten sein? So etwas gab es nur in Romanen.

„Ihr seht aus, wie jemand, der etwas von Pferden versteht“, fuhr Piers Lupus fort. „Wie gefällt Euch mein Stall denn so?“

„Ich ... ich hab noch nicht viel davon gesehen“, antwortete ich und fand nur mit größter Mühe meine Stimme wieder. „Diese Stute hier ist sehr schön.“

Das war sie wirklich. Man hätte Falada beinahe mit Minstrel verwechseln können. Sie hatte dieselbe Größe und den gleichen Körperbau, auch sie war ein Dunkelfuchs mit einem edlen Kopf und wohlgeformten Ohren. „Sie ist ein sehr edles Pferd, nicht wahr?“

„Ja, das stimmt“, sagte er und trat schnell beiseite, als Falada quietschte und ihm frech ihr Hinterteil zuwandte. Er stellte sich vor sie hin und ließ sie erst sein Wams, sein Gesicht und dann seine Haare beschnüffeln. „So ist’s brav, jetzt weißt du wieder, wer ich bin, Falada“, sagte er und tätschelte sie. „Sie ist erste Qualität. Was Aussehen, Ausdauer und Intelligenz anbelangt, kann es kaum ein Pferd mit ihr aufnehmen. Und Emmas Mitgift bringt mir noch zwanzig weitere davon ein.“

„Ihre Mitgift?“

„Ja. Emma Mytton ist meine Verlobte. Die Myttons leben auf der anderen Seite der Grenze. Sie handeln ebenfalls mit Pferden, allerdings überwiegend mit edlen Tieren und nicht mit Maultieren und Ponys wie wir hier auf Gleggs Hall.“

Sie waren also Pferdehändler. Das würde auch die merkwürdige Mischung an Tieren erklären, die ich mittlerweile in den Boxen erkennen konnte, und auch die wenig gepflegte Umgebung. Trotzdem wunderte ich mich sehr, warum der zukünftige Herr von Gleggs Hall derart verlottert aussah. Ich sah auf seine schmutzigen Hände, die die Stute streichelten, auf die Knöchel voller Frostbeulen und die Nägel, die regelrecht starrten vor Dreck. Auch das Wams und die Hose des jungen Mannes waren schon seit Wochen nicht mehr gewaschen worden. Er roch richtig unangenehm.

„Eine gute Partie", sagte er nachdenklich. „Darüber hinaus bringt Emma noch zwanzig Silberbarren mit in die Ehe."

Das Ganze erschien mir doch reichlich gefühllos und berechnend. Mehr wie ein Geschäft, das man abschloss – und nicht wie die Verbindung zweier Menschen, die sich mögen. „Liebt Ihr sie?", brach es aus mir heraus.

„Aber natürlich. Emma ist meine Verlobte. Sind wir erst einmal verheiratet, werden wir Gleggs Hall gemeinsam führen. Doch noch ist mein Oheim der Herr."

Sein Gesicht verdüsterte sich. „Meine Eltern sind am Gelbfieber gestorben, als ich noch klein war, und daraufhin wurde Ranulph Lupus mein Vormund. Laut Gesetz ist er der Herr, bis ich volljährig bin. Es dauert noch vier Monate, aber dann löse ich ihn ab. Ich kann es kaum erwarten. Wie Ranulph mit den Pferden umgeht, ist so gar nicht meine Art. Und Emmas auch nicht."

Emma Mytton war mit ihrem Gefolge und den Pferden aus der Mitgift angekommen. „Bei diesen Scharmützeln entlang der Grenze war es vernünftiger, die Hochzeit hier auszurichten. Das Datum steht bereits fest, seit wir beide in der Wiege lagen: In der Mittsommernacht, dem Fest Johannes des Täufers. Dieses Jahr fällt es auf ein Wochenende."

„Welches Jahr schreiben wir?", fragte ich krächzend.

„Elfhundertsechsundvierzig", entgegnete Piers.

1146 ... Es war ganz still, während ich noch ganz damit be-

schäftigt war, das Gehörte zu verdauen. Dann machte sich Panik breit. 1146. Das war doch wohl unglaublich, oder?

An den hölzernen Haken der Trennwand hingen drei Zäume mit Scheuklappen, die aus geflochtenem, vom Regen hart gewordenen Leder bestanden. Es war reich mit Silber beschlagen, das hätte glänzen sollen, aber stumpf geworden war. Zwei Sättel hingen über der unteren Stange, beide mit hohem Vorder- und Hinterzwiesel.

Piers nahm eines der Zaumzeuge herunter und verzog das Gesicht. „Das müsste auch mal wieder geflickt werden. Dasselbe gilt für die Sättel."

„Reparierst du dein Zaumzeug selbst?", fragte ich.

„Natürlich. Wer sollte das sonst erledigen? Hier, Frauenzimmer." Er warf mir das Zaumzeug zu. „Ihr könnt mir tragen helfen. Besser, ich flicke es am Feuer und nicht hier in der Kälte."

Er drückte mir das andere Zaumzeug in die Hand und lud sich die Sättel auf den Rücken. Was blieb mir anderes übrig, als ihm durch die Ställe mit Pferden, Ponys und Maultieren zu folgen, während unsere Füße in dem stinkenden Morast aus Heu und Dung versanken. Der stechende Geruch von Ammoniak verschlug mir fast den Atem.

„Puh", keuchte ich. „Wird denn hier nie ausgemistet?"

Er lachte. „Nein, warum sollten wir? Was stellt Ihr bloß für seltsame Fragen!"

Draußen sog ich begierig die frische Luft ein und sah mich um. Es war helllichter Tag, es wehte und man konnte den Frühling in der Luft riechen. Von irgendwoher war das monotone Dröhnen von Kirchenglocken zu vernehmen. Es war nicht Sonntag, aber dann fiel mir wieder ein, dass wir uns hier im 12. Jahrhundert befanden, wo man regelmäßig die Kirchenglocken läutete, damit die Menschen auch ja zum Morgengottesdienst, zur Vesper und lauter solchen Dingen gingen.

Im Obstgarten stand eine Reihe von Bienenkörben, Ackerland wurde bebaut. Aus einer Hütte drang der unverkennbare Gestank von Schweinen, die ich grunzen hörte. Mageres Vieh stand auf einem Stück Weide hinter den Nebengebäuden. Der Stall mit seinen breiten Türen wurde von einer großen steinernen Scheune und einer Remise flankiert. Es gab zwei Umzäunungen. Die größere war voller Pferde und Ponys, die andere war leer. Das Gelände war jedoch von Hufen plattgestampft worden – hier wuchs kein Grashalm mehr.

Im Hof neben dem Brunnen wusch ein Stallknecht einen großen Schimmel. Der Hof war mit flachen grauen Steinen gepflastert, die um den Brunnen herum eingesunken und schlammverschmiert waren. Pfützen hatten sich gebildet. Der Mann goss einen Eimer Wasser über das Pferd, nahm einen Lumpen und begann es langsam abzureiben.

„Beeilt Euch, Jenkins", drängte ihn Piers. „Macht die Ponys bereit. Die Männer werden in einer Stunde aufbrechen."

Der Stallknecht hielt kurz inne, um sich mit dem schmutzigen Ärmel seines Wamses einen Spritzer Schlamm aus dem bärtigen Gesicht zu wischen. „Jawoll, mein Herr", grunzte er.

Piers gab mir ein Zeichen. „Hier entlang, Frauenzimmer."

Wir überquerten den Hof, das Pferdegeschirr klappert mit jedem Schritt. Wir gingen um den Taubenschlag herum – er war brandneu, der Stein rot und glatt, und um ihn herum flog und gurrte ein Schwarm weißer Tauben –, liefen durch ein Tor und betraten den Hof.

Das war nicht das Gleggs Hall, das ich kannte. Der große Bauernhof aus rotgebrannten Ziegeln mit seinen Höfen, Nebengebäuden und den modernen Stallgebäuden war verschwunden. An seiner Stelle stand ein niedriges Haus aus Stein mit geschlossenen Fensterläden und einem zerfledderten, gelblichbraunen Strohdach. Während unser Haus zwei Schornsteine besaß, gab es hier nur einen zentralen Kamin, der eine Menge schwarzen Rauch ausstieß.

Um das Haus herum standen weitere Gebäude. Lagerhäuser, eine Schmiede und, dem fürchterlichen Gestank nach zu urteilen, ein Plumpsklo. Noch mehr Rauch quoll aus dem Schornstein eines Gebäudes, das durch einen Gang mit dem Haus verbunden war. Die Küche? Ich durchforstete mein Gedächtnis nach Geschichtskenntnissen über diese Epoche, aber nichts schien mir darauf zu passen. Alles war kleiner, dreckiger und roch wesentlich unangenehmer, als wir uns das aufgrund unserer Geschichtsbücher und Informationen aus dem Internet hatten vorstellen können. Hühner scharrten im Dreck zu unseren Füßen und suchten nach Körnern. Auf dem nahe gelegenen Misthaufen krähte ein Hahn. Ich konnte den Bach rauschen hören, der wesentlich wilder wirkte als der schwerfällige Fluss, den ich als den Glegg kannte.

Am Ende der notdürftig festgestampften Auffahrt befand sich ein Torbogen. Heute stand das große hölzerne Tor offen und ließ eine zerfurchte, gewundene Straße erkennen, die in die bewaldeten Hügel führte. Unter dem Torbogen stapfte gerade ein Mann hindurch, zwei zottige Ponys im Schlepptau, deren Kiepen nur so überquollen vor Ware. Kleiderbündel waren um ihren Rumpf gegürtet und überall baumelten Töpfe und Pfannen.

„Seid gegrüßt!“, empfing Piers Lupus den Kerl. „Habt Ihr den Zwirn dabei, den ich bestellt hab? Gut gemacht. Im Haus wartet Bier und etwas zu essen auf Euch. Danach werdet Ihr entsprechend entlohnt. Kommt schon, Frauenzimmer.“

Ich nahm das schwere Zaumzeug auf meinen anderen Arm und folgte ihm in die Küche, wo mich fettiger Bratendunst empfing. Gegenüber befand sich eine grob gezimmerte Anrichte, vollgestellt mit Zinngeschirr, Pfannen und riesigen dreibeinigen Kesseln aus schwarzem Gusseisen. Schinken und getrocknete Kräuter hingen von den rauchgeschwärzten Dachbalken über unseren Köpfen.

An einem Ende des Raums drehte ein Küchenjunge einen Spieß mit einem halben Ochsen über dem Feuer. Das Fett spritzte und zischte und die Flammen züngelten empor. Der Junge hielt kurz inne, um sich mit dem Ärmel den Schweiß vom Gesicht zu wischen.

„Mach weiter, du fauler Nichtsnutz, oder du wirst mich

noch kennen lernen!“, schallte es von dem Tisch in der Mitte zu uns herüber, wo eine Köchin im fleckigen Kittel und mit einer Kochmütze beim Kneten des Brotteigs innehielt, um ihre bemehlte Faust zu ballen. Die beiden Küchenmädchen, die ihr zur Hand gingen, begannen zu kichern. Der Junge grinste nur dümmlich und zuckte die Achseln, bevor er ungerührt mit seiner Arbeit fortfuhr.

Wir liefen weiter durch die Küche, um massive, mit Nahrungsmitteln beladene Hocker herum, während unsere Füße auf dem Stroh knirschten, das den Boden bedeckte. Piers, der den Mädchen zuzwinkerte, schnappte sich ein Stück Honigkuchen von einem ganzen Stapel, der zum Auskühlen auf einen Beistelltisch gestellt worden war. Unter weiterem Gelächter stopfte er ihn sich auf einmal in den Mund und brachte mich dann zur Tür am Ende des Raums, die er schwungvoll aufriss. „Nach Euch.“

Wir gingen durch den fensterlosen Gang, über dessen Wände unsere Schatten tanzten. Erleuchtet wurde er von Fackeln, die in eisernen Wandhaltern steckten. Die verrottenden Schilfmatten unter unseren Füßen sonderten einen modrigen Gestank ab – ich konnte mir kaum vorstellen, dass sie häufig ausgetauscht wurden. Sie waren feucht und höchstwahrscheinlich voller Ungeziefer.

Wir erreichten einen großzügigen Raum mit hohen schmalen Fenstern, die in die Steinmauern eingelassen worden waren. Die große Halle, schlussfolgerte ich und schlängelte mich zwischen mehreren Reihen von Holztischen hindurch. Hier versammelte sich alles, vom Lord bis zum Stallburschen, um zu essen und gemütlich zusammenzusitzen.
Staubige, ausgefranste Teppiche bedeckten die Wände, aber auch Schilder und Schwerter hingen dort. Diese zierte das Familienwappen – ein zähnefletschender Wolf.

Rußflocken und weiße Asche von einer Feuerstelle in der Mitte wirbelten durch die Luft. Flammen knisterten und züngelten und verbreiteten Rauch im Zimmer, der erst später durch die Kaminöffnung abzog. Am Feuer dösten zwei große gescheckte Jagdhunde, und unter einem der Tische balgte sich ein Rudel Mischlinge um ein paar Küchenabfälle.

An der einen Seite führte eine steinerne Treppe nach oben ins Schlafzimmer. Ihr gegenüber lag eine massive Doppeltür, daneben gab es eine Reihe Haken, an denen man Mäntel und Hüte aufhängen konnte. Ganz hinten befand sich eine Art Podest, auf dem ein langer großer Tisch stand, um den ein paar Stühle mit hoher Lehne gruppiert waren.

An den unteren Tischen saßen zwei Reiter, vor sich einen Teller mit fettem Schweinefleisch und hartem Schwarzbrot, das sie mit ein wenig Bier hinunterspülten.

„Seid gegrüßt, Lupus!“, sagte der eine.

„Gutes Reisewetter heute“, bemerkte der andere.

„In der Tat“, sagte Piers. „Ihr brecht früh auf. Wir haben einen hübschen Wallach und eine Reihe Ponys und Esel zu verkaufen. Seht zu, dass Ihr einen guten Preis dafür bekommt. In genau einer Woche sehen wir uns wieder, so Gott will.“

„So Gott will“, schallte es zurück. Das war keine bloße Floskel, denn am Wegesrand lauerten überall Gefahren. Schutz und Sicherheit waren keine Selbstverständlichkeit.

„Gebt mir sofort Bescheid, wenn Ihr zurück seid“, sagte Piers. „Und zwar nur mir. Verstanden?“

„Aye, aye, Sir.“

„Es soll Euer Schaden nicht sein.“ Nachdem sich Piers vorsichtig umgesehen hatte, zog er eine volle Geldbörse unter seiner Weste hervor, die er dem Älteren der beiden übergab. „Nehmt das für Bier und Unterkunft. Aber dass Ihr mir ja nicht an der Unterbringung für die Tiere spart!“

„Ihr könnt Euch auf uns verlassen. Vielen Dank, Sir.“

Keiner der Männer nahm auch nur Notiz von mir. Als wir auf die Feuerstelle zugingen, hoben die Hunde den Kopf. Ihre goldenen Augen unter den schweren Lidern blickten andächtig zu ihrem Herrn auf und ihre Schwänze wedelten.

„Gelert. Roma. Brave Hunde.“ Piers ließ die Sättel mitten

zwischen die schmutzigen Zinnteller auf dem Tisch fallen und streichelte die Hunde.

Ich legte das Zaumzeug zu den anderen Sachen und trat unruhig von einem Fuß auf den anderen.

Piers sah kurz auf, wühlte in seiner Geldbörse, die an seinem Gürtel befestigt war, und warf mir eine Münze zu. Mit mehr Glück als Verstand gelang es mir, sie zu fangen. Ich war entlassen worden, und so floh ich zurück durch die große Halle, den dunklen Gang entlang und durch die Küche nach draußen. Ich wollte mich in den Stall zurückflüchten.

Als ich den Taubenschlag erreicht hatte, blieb ich kurz stehen, um wieder zu Atem zu kommen und mir über meine Lage klar zu werden. Was nun? Saß ich hier etwa für immer fest in dieser Raum-Zeit-Falle? Oder gab es einen Weg zurück?

Der Schimmelwallach stand völlig ruhig da, man hatte ihn mit einem Seil an einem Ring an der Stallwand festgebunden. Von Jenkins fehlte jede Spur. In der kleineren der Umzäunungen befand sich mittlerweile eine Reihe von langhaarigen Ponys und Eseln. Sie waren nach Art der Pferdehändler mit Seilen zusammengebunden und warfen ihre Köpfe ungeduldig zurück. Bald würden sie zum Pferdemarkt aufbrechen.

Unsicher, was ich als Nächstes tun sollte, ging ich zu den stinkenden Stallungen zurück. Im Stall traf ich auf ein Mädchen, das kaum älter war als ich und die Dunkelfuchsstute striegelte. Sie trug ein knöchellanges Gewand aus safrangelber Wolle und einen dunkelroten Umhang darüber. Ihr flachsblondes Haar war heller als meines, und ihre Augen war grün statt blau. Sie hatte rote, sauber geschrubbte Wangen, und als sie sich bewegte, stieg mir Rosenduft in die Nase.

„He da, Junge“, sagte sie. „Hol ein wenig Wasser für meine Stute. Und denk daran: Füll den Eimer bis zum Rand.“

Ihr Tonfall ließ keine Widerrede zu. Ich griff nach dem schweren Holzkübel und ging wieder auf den Hof. Den Eimer den Brunnen hochzuziehen war Schwerstarbeit. Beim Zurücktragen schwappte das Wasser bei jedem Schritt über.

„Lass ihn da stehen“, sagte Emma Mytton. „Was hast du, Junge? Warum ringst du so nach Luft?“

„Ich keuche gar nicht“, schnaufte ich. „Und außerdem bin ich auch kein Junge.“

Nachdem sie meine schlanke mädchenhafte Figur in Arbeitshosen und meinen Kurzhaarschnitt gemustert hatte, weiteten sich ihre Augen. Sie hatte verstanden. „Meine Güte, ich hätte schwören können, Ihr wärt ein Junge“, sagte Emma Mytton leise. „Eure Kleidung. Und dann die Frisur. Hattet Ihr Fieber?“

„Nein, ich war nicht krank.“ Langes Haar, so glaubte man damals, raubte einem Fieberkranken die Kraft und wurde dementsprechend kurzgeschoren. „Ich mag es kurz. Außerdem gibt es bei der Stallarbeit nichts Praktischeres.“

„Da mögt Ihr Recht haben.“

Falada drehte ihren schönen, edlen Kopf und schnüffelte forsch an meinen Taschen. „Minstrel macht das genauso. Ich weiß, hinter was sie her ist.“ Ich holte eine Rolle Pfefferminzbonbons hervor.

Die andere Emma beobachtete mich misstrauisch dabei.

„Das ist doch kein Zauber?“, fragte sie.

„Natürlich nicht.“ Ich steckte mir selbst ein Bonbon in den Mund und bot ihr auch eines an.

Stirnrunzelnd wartete sie, bis ich meines aufgelutscht hatte und nahm dann auch eines. Sie kostete es und lutschte daran. „Hmmm, das schmeckt gut.“ Sie nahm sich noch eines. „Man kann gar nicht vorsichtig genug sein heutzutage. Ein lieber Oheim von mir nahm ein böses Ende, nur weil er einen falschen Bissen zu sich nahm. Man hatte ihn vergiftet, wisst Ihr. Ihr könnt Falada auch eins geben.“

Falada zerbiss das Bonbon mit sichtlichem Genuss. „Gieriges Mädchen“, schalt Emma sie. „Ich hoffe, das macht dich nicht ganz wild, du bist auch so schon lebhaft genug. Ehrlich gesagt tun mir die Arme weh, so stark musste ich sie die ganze Reise über zügeln.“

„Ganz schön forsch, genau wie Minstrel“, stimmte ich zu.

„In der Tat. Gehört Minstrel zu Euren Schützlingen?“

„Nun ... ja.“

Sie fragte mich nach meinem Namen. Als ich ihr sagte, wie ich hieß, lachte sie. „Noch eine Emma, das ist ja lustig“, meinte sie und ihre Stimme klang wesentlich freundlicher. „Seid Ihr schon lange auf Gleggs Hall?“

„Nein, noch nicht sehr lange.“

„Ich auch nicht. Wir sind erst gestern Abend hier angekommen. Die Reise war überaus anstrengend. Wir hatten die Pferde von der Mitgift dabei und mussten zügig vorankommen. Die ganze Zeit über hat es geregnet. Meine Dienstmägde haben sich von früh bis spät beklagt.“

„Nun ja, keiner wird gern nass.“

„Papperlapapp.“ Emma schüttelte den Kopf. „Mir macht der Regen gar nichts aus.“

„Ich meine ja nur –“, begann ich, als ich auf dem Hof plötzlich das Klappern von Hufen vernahm und hörte, wie jemand nach dem Stallknecht brüllte.

„Jenkins? Die Pocken sollen Euch holen! Ah, da seid Ihr ja. Nehmt mein Pferd.“

„Da ist Piers’ Onkel“, flüsterte Emma Mytton. „Welche Laus ist dem denn heute über die Leber gelaufen? Am besten, Ihr verschwindet von hier, sonst gibt es noch Ärger.“

Auf der Stelle rannte ich – vorbei an Ponys, Eseln und Pferden – die Stallgasse hinunter. Als ich den Eingang fast schon erreicht hatte, erschien Jenkins mit dem Pferd – einem imposanten gescheckten Hengst, dessen Flanken schweißbedeckt von dem anstregenden Ritt waren. Ich drückte mich gegen die Wand und wartete, bis das große Pferd an mir vorbeigeführt worden war. Es schlug unruhig mit dem Schweif und rollte nervös mit den Augen, während ihm Schaum aus dem Maul troff. Jenkins stellte das erschöpfte und entnervte Tier in eine leere Box und stapfte pfeifend davon.

In der Remise bewegte sich etwas. Ich konnte Stimmen hören. Bald darauf kamen zwei Männer herein. In ihren zusammengesteckten Köpfen und in ihrem Gemurmel lag etwas so Hinterhältiges und Gemeines, dass ich schnell wieder in den dunklen Schatten zurückwich.

„Nein, jetzt noch nicht“, sagte der eine. Er hatte ein markantes Gesicht, trug einen guten Anzug aus gelbbraunem Samt und darüber einen weiten braunen Umhang, der von einer silbernen Spange zusammengehalten wurde. Er strich sich nachdenklich über seinen Bart, und seine Augen unter den dichten Brauen glühten finster.

„Alles muss seinen gewohnten Gang gehen“, sagte er. „Die Hochzeitsvorbereitungen sollen stattfinden wie geplant. Die Kirche, das Festmahl, die Zerstreuungen. Das Weibervolk kann ruhig die Aussteuer besticken – das Frauenzimmer wird sie brauchen, egal, wen sie nun heiratet.“

„Aye, aye Sire“, antwortete sein Gefährte. Frettchenhaft, schielend und in einen schlichten braunen Stoff gekleidet, sah er aus wie jemand, der sich unauffällig unters Volk mischen kann. „Soll es der Dolch sein? Oder doch lieber eher etwas ... Unauffälligeres?“

Der Mann zuckte die Achseln. „Ich werde darüber nachdenken. Ehrlich, nach all den Jahren als Vormund dieses kleinen anmaßenden Burschen, kann ich es kaum noch erwarten, ihn loszuwerden.“

„Ihr lasst mich wissen, wenn Ihr mich benötigt, Sire?“

„Keine Angst, Wulfric. Ich werde Euch Bescheid geben.“

Mir schlug das Herz bis zum Hals. Der gut angezogene Kerl war offensichtlich Piers Lupus’ Vormund Ranulph. Und der andere Mann eine Art Komplize. Aber warum sollte Ranulph seinem Neffen nach dem Leben trachten?

Die Männer trennten sich. Ranulph ging in den Stall und lief direkt an mir vorbei, so nah, dass ich den Luftzug seines Umhangs spüren konnte. Seine Stimme triefte förmlich vor falscher Freundlichkeit.

„Seid gegrüßt, Mistress Emma. Wollt Ihr ausreiten? Soll ich Euch begleiten, Madam?“

„Ich danke Euch, Sir“, sagte Emma höflich. „Aber ich habe bereits Piers den Ritt versprochen. Ein anderes Mal gern.“

Plötzlich wurde der trübe Stall in grelles Licht getaucht, und als alles um mich herum schien sich aufzulösen.

Ich war in die Gegenwart zurückgekehrt, stand mit beiden Beinen fest auf dem süß duftenden Stroh in Minstrels Box. Irgendjemand hatte die Halogenleuchten angemacht und plötzlich war es taghell. Auf dem mit Flutlicht erleuchteten Hof unterhielt sich Dad mit Christopher darüber, ob man für für Piper wegen seiner Hufrehe beim Schmied spezielle Hufeisen anfertigen lassen sollte. Mir dröhnte der Schädel.

Minstrel stand hinten an der Tür und beobachtete mich besorgt. Ich suchte in meiner Tasche nach einem Pfefferminzbonbon, doch ich fand die Silbermünze, die mir Piers Lupus in der großen Halle zugeworfen hatte.

Nur dass sich das eben nicht vor ein paar Stunden zugetragen hatte, sondern vor mehreren Jahrhunderten, noch lange bevor Gleggs Hall überhaupt erbaut worden war.

Kapitel 4

„Emma, was hast du denn?“, fragte Mum und sah von der Arznei auf, die sie gerade anrührte.

„Nichts, Mum“, log ich, griff nach dem Stößel und zerkleinerte die Kräuter in dem Mörser.

Wir waren im Brennraum. Normalerweise half ich Mum gern bei der Arzneiherstellung. Aber heute war ich mit meinen Gedanken woanders.

Am frühen Morgen war ich auf direktem Wege in die Schulbibliothek gegangen und hatte die Münze in einem Buch nachgeschlagen. Es war ein silberner Penny, der Mitte des elften Jahrhunderts geprägt worden war. Dem Begleittext zufolge war er überaus selten. Diese Münze bewahrte ich nun sorgfältig in einer Streichholzschachtel in der Kommodenschublade meines Zimmers auf.

Als ich gestern Abend zu Bett gegangen war, hatte ich es beinahe geschafft, mir einzureden, das alles habe gar nicht stattgefunden. Ich musste eingedöst sein und hatte das Ganze nur geträumt. Die Münze hatte ich irgendwo gefunden. Aber meine Entdeckung in der Bibliothek war noch zu frisch, als dass ich mich hätte beruhigen können. Einmal ganz davon abgesehen, dass ich einen blauen Fleck am Arm entdeckte, dort, wo mich Falada gezwickt hatte. Aha. Unglaublich, aber wahr. Das alles war mir wirklich zugestoßen. Aber warum? Und warum ausgerechnet mir?

Plötzlich wich der reine Duft der Kräuter dem strengeren Geruch von Knoblauch. „Igitt“, sagte ich und zog die Nase kraus. „Nicht gerade mein Lieblingsduft.“

„Auf der Universität“, sagte Mum unbekümmert, während sie mit dem stumpfen Ende eines kleinen Messers die zweite Zehe zerdrückte, „hat man uns beigebracht, jedem Patienten routinemäßig Knoblauch zu geben. Zum Beispiel Chippy.“

Chippy, ein netter brauner Wallach mit vier weißen Fesseln, war diesen Nachmittag mit Atembeschwerden eingeliefert worden. Konventionelle Behandlungen hatten nicht bei ihm angeschlagen. Chippy hustete und prustete nach wie vor. Seine rührend um ihn besorgte Besitzerin, eine Frau um die vierzig, wusste sich keinen Rat mehr.

„Was ist das hier?“, fragte ich und reichte ihr meine zerriebene Kräutermischung.

„Bockshornklee“, sagte Mum nachdrücklich. „Kannst du dir das merken?“

„Im Moment schon. Glaubst du, das wirkt?“

„Die Chancen stehen gut.“ Mum löffelte die Mischung in ein Gefäß und reichte es mir. „Hier. Einen Teelöffel davon morgens und abends unter Chippys Futter mischen. Sag Holly Bescheid.“

Ich nahm die Arznei mit in den neuen Hof. Es war dunkel und hatte erneut begonnen zu regnen; der Asphalt glänzte im Schein der Halogenlampen.

„Knoblauch.“ Holly schnüffelte an der Kräutermischung. „Und noch etwas.“

„Bockshorn-irgendwas. Du weißt ja, wie schlecht ich mir Namen merken kann.“

„Oh, ja. Komisch, dass Pferde so verrückt nach Knoblauch sind. Ich persönlich ja eher weniger.“

„Ich auch nicht. Einen Teelöffel, hat Mum gesagt.“

Holly maß eine Dosis ab und lachte, als Chippy seine Nase in das Futter steckte und genussvoll zu fressen begann.

Am Ende der Stallungen hörte man es laut hämmern. Dort passte Andy Ross, der Schmied aus Maybury Hill, Piper gerade spezielle Hufeisen an. Ich wollte hin, um ihm bei seiner Arbeit zuzusehen.

„Gut“, sagte Holly. „Ich geh kurz nach Hause und mach mir was zu essen. Sag deiner Mutter, dass ich zur Abendschicht wieder da bin.“

Sie und Bill wechselten sich mit dem Dienst ab. Keiner von ihnen jammerte, wenn es Überstunden zu machen galt oder jemand eine Schicht tauschen wollte.

„In Ordnung“, sagte ich und ging zu Pipers Box.

Christopher hielt den Kopf des Ponys fest, während Andy Ross arbeitete. Pipers Hufrehe war chronisch, weshalb seine Hufe stark in Mitleidenschaft gezogen worden waren. Andy hatte seine Hufe stark abgeraspelt und passte ihm nun sorgfältig die Hufeisen an.

„Keine Kneifzange hier“, murmelte er und wühlte in seinem Werkzeugkasten.

„Da muss aber doch eine sein. Eine ganz neue sogar“, sagte Christopher.

„Macht nichts.“ Andy fand Ersatz und hob einen der Vorderhufe hoch. Er arbeitete zügig und äußerst geschickt. Er stemmte sich mit seinem untersetzten Körper gegen das Gewicht des Tieres, während ihm eine aschblonde Strähne in die Stirn fiel. Obwohl er von Natur aus ein fröhlicher Mensch war, zeigte er heute nicht die Spur eines Lächelns. „Val hatte gestern ihren Krankenhaustermin. Jetzt müssen wir auf die Testergebnisse warten“, sagte er zu Christopher. „Irgendetwas stimmt da nicht. Val ist ständig müde. Das sieht ihr überhaupt nicht ähnlich.“

„Vielleicht braucht sie einfach mal eine kleine Auszeit“, meinte Christopher.

Andy konnte ihm da nicht widersprechen, aber „Urlaub machen kostet Geld“, sagte er bedauernd. „Was ich verdiene, muss ich gleich wieder ins Geschäft investieren. Von Vals Gehalt können wir gerade so leben. Ich weiß nicht, was wir tun sollten, wenn sie nicht am Gymnasium unterrichten würde.“

„Ich kenne Mrs. Ross“, sagte ich von der Tür aus.

Beide sahen sich um. „Hallo, Emma“, sagte Christopher.

Andy nickte mir zu. „Dann wirst du wohl eine von ihren Schülerinnen sein."

„Ja, ich bin in ihrer Musikgruppe. Ihre Frau ist wirklich sehr nett."

„Ja", sagte Andy, „das ist sie."

Er hämmerte die Nägel ein, bog sie um und zwickte sie ab. Dann griff er nach der Feile, um den Huf noch einmal nachzuraspeln. Piper senkte den Kopf, knabberte an der Schulter des Schmieds, leckte und schnüffelte daran.

Jetzt weißt du wieder, wer ich bin, Falada.

Plötzlich sah ich die blauen Augen in einem von Sonne und Wind gebräuntem Gesicht wieder vor mir. Ich wollte Piers Lupus wieder sehen. Es war mein größter Wunsch. Wenn ich dazu in die Vergangenheit reisen musste – bitte sehr, auch wenn ich eine Riesenangst davor hatte. Ich wollte einfach nur Piers wieder sehen. Und zwar bald.

„Hoffentlich geht es Mrs. Ross bald wieder besser", sagte ich und entfernte mich.

Zuhause saßen Richard und Natalie gerade über ihren Hausaufgaben. Ich nahm mein Mathezeug heraus. Mum war noch nicht aus dem Brennraum zurück. Dad saß kichernd im Wohnzimmer und sah sich im Fernsehen irgendeine Komödie an.

Eine Weile war nichts weiter zu hören als das Quietschen von Natalies Filzstiften und Scamps leises Gejaule, der vor dem Herd lag und von Kaninchen träumte. Richard war als Erster fertig. Er packte seine Bücher zurück in die Schultasche, holte einen bedruckten Zettel daraus hervor und warf ihn auf den Tisch.

„Das lag in dem Süßigkeitenladen aus. Sie veranstalten eine Jagd in Maybury Grange. Die Startgebühr ist nur zwei Pfund fünfzig, und wer nicht will, muss auch nicht springen." Er sah kurz zu mir herüber und dann schnell wieder weg.

Also gut, das Springreiten war einmal meine Leidenschaft gewesen, aber jetzt wollte ich nie mehr springen. Bislang hatte ich noch mit niemandem über den Unfall mit Danny gesprochen. Ich konnte den anderen einfach nicht erklären, was in mir vorging. Nicht einmal Nick hatte ich mich anvertraut.

Ein Wettreiten war kein richtiges Springreitturnier. Man ritt einfach nur querfeldein. Wer wollte, konnte über Zäune springen, wer es lieber bleiben lassen wollte, galoppierte einfach durch die offenen Gatter.

„Wann soll das denn stattfinden?“, fragte ich und griff nach dem Zettel.

„Ach, kommt schon, lasst uns mitmachen!“, sagte Natalie.

Das Ganze sollte am kommenden Samstag stattfinden. Start war um zehn Uhr, das Ende hatte man für vier Uhr nachmittags angesetzt.

„Wir könnten hinreiten“, schlug Natalie vor. „Danach hat Minstrel auch nicht mehr solche Hummeln im Hintern.“

„Nach was?“, fragte Mum, die lächelnd den Raum betrat. Ich reichte ihr den Zettel. „Ihr werdet neue Leute kennen lernen“, sagte Mum. „Ihr solltet da mitmachen. Ich werde euch das Geld geben.“

„Klasse!“, sagte Natalie atemlos.

Richard grinste. „Juhu! Ich werde Bill bitten, mit mir ein bisschen Springen zu üben. Dann können sich die Ponys schon mal dran gewöhnen.“

„Wir könnten die Pfosten benutzen, die vom Einzäunen übrig geblieben sind“, fügte Natalie eifrig hinzu. Sie begannen einen Parcours zu planen, während ich einfach nur vor mich hin starrte und an ein paar roten Pünktchen auf meinem Handgelenk kratzte.

„Hast du irgendwas gegen Hitzebläschen, Mum?“

Mum sah sich den Ausschlag näher an. „Oh, Emma. Das sind keine Hitzebläschen, das sind Flohbisse!“

Richard platzte nur so vor Schadenfreude. „Was du nicht sagst! Emma hat Flöhe!“

„Hab ich nicht“, schrie ich. „Das sind doch bloß Mückenstiche.“

„Im Februar bekommt man keine Mückenstiche", sagte Natalie und starrte mich an.

„Die sehen wirklich aus wie Flohbisse, Emma." Mum hatte sich Scamp geschnappt und untersuchte sein zotteliges Fell. „Ich kann nichts entdecken."

„Vielleicht ist es Minstrel", sagte Richard.

„Ponys bekommen keine Flöhe", sagte ich gereizt. „Sie bekommen Läuse. Und unsere haben keine."

„Braver Hund." Mum setzte Scamp zurück auf die Erde, der dankbar zurück ans Herdfeuer trottete. „Scamp hat auch keine. Ich weiß nicht, woher diese Flohbisse kommen, ehrlich."

Ich wusste dagegen sehr wohl, woher die Flohbisse kamen. Ich dachte an Schilfmatten auf einem Steinboden. Modrig und voller Ungeziefer. Mum könnte das heutige Gleggs Hall von oben bis unten mit Insektenvernichtungsmitteln besprühen, und es würde auch nichts nützen. Ich begann zu kichern. Die Vorstellung, von jahrhundertealten Flöhen angegriffen zu werden, war einfach zu absurd.

„Ich weiß gar nicht, was daran so komisch sein soll", sagte Natalie, die wenig Sinn für Humor hatte. Natürlich musste ich daraufhin nur noch mehr lachen. Richard riss ich mit, dann Mum und bald hatte ich alle bis auf meine Schwester mit meiner Heiterkeit angesteckt. Wir lachten Tränen und rangen nach Luft. Dad erschien in der Tür, neugierig, was es da so laut zu lachen gab.

„Emma hat F-Flöhe", platzte Richard heraus und lachte erneut laut los.

Abends trug ich eine desinfizierende Creme auf die Bisse auf. Plötzlich wurde es merkwürdig still um mich herum, und ich hielt gespannt den Atem an.

Ich stand wieder in der großen Halle, Emma Mytton direkt neben mir, die Piers heftig ausschimpfte, weil er das Haus so hatte herunterkommen lassen.

„Schilfmatten, die das ganze Jahr über nicht einmal ausgetauscht worden sind, Staub, wohin man schaut", sagte sie.

„Kein Wunder, dass es hier Flöhe gibt! Wann hattet Ihr den letzten Frühjahrsputz, wenn ich fragen darf?“

Piers starrte sie sprachlos an. Ein wesentlich sauberer und dementsprechend anziehenderer Piers, musste ich feststellen, und ich bekam Herzklopfen. Gesicht und Hände waren sauber geschrubbt, er trug eine gelbbraune Weste und dazu eine saubere Hose. „Madam“, sagte er zu seiner Verlobten. „Die Haushaltsführung fällt nicht in meinen Aufgabenbereich. Ich kümmere mich um die Ställe.“

„Die sind in einem genauso schlimmen Zustand“, verkündete Emma Mytton. „Wann wurden die Ställe das letzte Mal ausgemistet?“

„Ausgemistet? Hm. Na ja, da müsstet Ihr Jenkins fragen“, wich Piers ihr aus.

„Und ob ich das werde, darauf könnt Ihr Euch verlassen. Nun ja, was soll man von einem Haushalt so ganz ohne Frauenzimmer auch anderes erwarten“, lenkte sie ein. „Bin ich hier erst einmal die Herrin, wird sich das alles schon sehr bald ändern.“

Sie griff nach einem Medizinfläschchen mit einer klaren Flüssigkeit darin und träufelte mir ein wenig davon auf das Handgelenk. Es brannte, doch der Juckreiz verschwand wie durch ein Wunder. Sie steckte das Fläschchen zurück in ihre Tasche aus glänzendem Korbgeflecht, mit einem schmalen Lederriemen, einem messingfarbenen Schloss und einem dazugehörigen Schlüssel.

Sie drückte mir ein kleines braunes Töpfchen in die Hand. „Ringelblumensalbe, für den Fall, dass sich die Bisse entzünden. Flöhe und Läuse! Gut, dass Ihr Eure Haare geschoren habt, Emma.“

Lächelnd strich sie sich durch ihre eigene Lockenpracht. Heute war sie ganz in Rot gekleidet und an ihren Füßen trug sie Schuhe aus grünem Wildleder. Zu Piers gewandt sagte sie: „Am besten, wir behandeln alle neuen Tiere gegen Ungeziefer. Diese Esel in der Umzäunung machen mir keinen guten Eindruck. Wir sollten sie mit Vernichtungsmitteln bestäuben, bevor sie den ganzen Stall infizieren.“

„Aber was ist mit unserem Ausritt“, wandte Piers ein. „Ich wollte doch heute den neuen Junghengst ausprobieren.“

„Das werdet Ihr auch, sobald wir mit den Eseln fertig sind“, wies ihn Emma zurecht

Das Pulver brannte mir in den Augen und trocknete die Schleimhäute aus. Doch dagegen war nichts zu machen, denn das Pulver musste sorgfältig in das Fell der Esel eingerieben werden. Anschließend würden sich diese heftig schütteln und ihre Umgebung in Pulverwolken einhüllen. Schon bald waren Emma Myttons Röcke nicht mehr rot, sondern rosa. Ich selbst sah aus wie ein wandelnder Sack Mehl!

Nachdem jedes einzelne Tier behandelt worden war, klopfte sich Emma Mytton das Pulver aus den Kleidern. „Das reicht fürs Erste. Piers wird sonst ungeduldig.“

In den Stallungen zäumte Piers gerade ein Pferd auf. Es war ein kräftiger Rappe mit wildem Blick und einem muskulösen Körperbau, stark genug, ihn den ganzen Tag lang zu tragen und dann immer noch tänzelnd nach Hause zu kommen. „Er heißt Jet“, sagte Piers und gab dem Pferd einen liebevollen Klaps. „Er ist noch jung und muss jede Menge lernen.“

Emma Mytton sammelte ihr Zaumzeug ein. Falada wehrte sich gegen das Aufzäumen und zwickte sie, als sie den Gurt festzog. „Verwöhnt“, gab Emma zu. „Falada hat eine schwere Lungenentzündung hinter sich. Wir dachten schon, sie würde sterben oder ihr Leben lang Atembeschwerden haben. Sie brauchte viel Pflege.“

Ich musste an Chippy und seine Atemprobleme denken. „Hast du ihr Knoblauch gegeben?“, fragte ich.

„In der Tat“, entgegnete Emma. „Und Vogelmiere.“

„Ist sie immer noch kurzatmig?“

Emma Mytton schien entsetzt. „Um Gottes willen, nein. Ich würde nie ein krankes Tier reiten. Während wir weg sind, könntet Ihr den Stall ausmisten, Emma. Legt bitte frisches

Stroh nach und sorgt auch dafür, dass genug Futter in der Krippe ist. Vergesst das frische Wasser nicht."

Sie führte die Stute in den Hof hinaus, wo ihr Jenkins in den Sattel half. Sie strich ihre bauschigen Röcke glatt, schob ihre Füße in die schweren Steigbügel, nahm die Zügel auf und sah sich noch einmal kritisch um.

Dung und Stroh waren überall im Hof verteilt. Jenkins hatte sich entfernt, um die Hufe einer hübschen Falbenstute auszukratzen, die in der Nähe des Brunnens angebunden war. Nachdem er Jet aus dem Stall geholt hatte, saß Piers auf. Jet bockte und brachte Falada dazu, ebenfalls Kapriolen zu machen. Lachend zügelten die Reiter ihre Tiere, um sie unter Kontrolle zu bekommen, während die Rubine ihrer Verlobungsringe im Sonnenlicht aufblitzten.

Emma brachte Falada neben Jet zum Stehen und gab dann ihre Befehle. „Jenkins, seht zu, dass jeder Stall ordentlich ausgemistet wird. Die Böden müssen geschrubbt und mit frischem Stroh versehen werden. Eine Schande ist das hier!"

„Aye, aye, Herrin." Jenkins zog pflichtbewusst die Kappe vom Kopf.

Der Blick jedoch, den er den beiden hinterherschickte, war alles andere als wohlwollend.

Faladas Stall auszumisten, war Schwerstarbeit. Immer wieder schob ich die hölzerne Schubkarre, die schon im leeren Zustand schwer genug war, zum Misthaufen.

Inzwischen hatte Jenkins seinem faulen Stallburschen den Marsch geblasen. Flüche hallten aus den Ställen, wo gebeugte Rücken vom Großreinemachen kündeten. Keiner achtete auf mich, als ich die Mistgabel schwang, wischte, schrubbte und endlich eine Lage frisches Stroh aufschüttete. Als ich schließlich fertig war, knurrte mir der Magen. Und so machte ich es den anderen nach und ging zum Haus herüber, um nach etwas Essbarem Ausschau zu halten.

An der Hauswand angekettet standen zwei Pferde. Sie waren erschöpft und schlammbespritzt, so als ob sie einen weiten weiten Weg hinter sich hatten. Mein Magen knurrte und so ging ich in die Küche und durch die Halle.

Ranulph war da und trank mit zwei anderen Männern Bier. Ich erkannte sie wieder, es waren die beiden Reiter vom letzten Mal. Auf einem der Tische befanden sich ein Krug mit Bier, ein halber Laib Brot und ein großer Topf mit Honig. Ich brach mir ein Stück Brot ab, bestrich es dick mit Honig und biss hungrig hinein. Der ältere der beiden Reiter führte das Wort. Seine Stimme hallte bis zu mir herüber.

„Ich bitte um Verzeihung, Sire, aber der junge Herr hat mich angewiesen, nur ihm Rechenschaft abzulegen."

Ranulphs Miene verdüsterte sich. „Bin hier ich der Herr oder wer? Habt Ihr einen Verkauf getätigt, ja oder nein?"

„Ja, das haben wir, Sire." Der Mann schluckte schwer. „Alle Tiere wurden verkauft, ganz so wie es uns der junge Herr zuvor befohlen hat."

„Hat man Euch in Silber bezahlt?"

„Aye, aye." Der Mann warf seinem Gefährten einen unbehaglichen Blick zu.

„Dann her damit."

Widerwillig förderte der Mann eine große Geldbörse zutage. Ranulph griff danach, warf sie in die Luft und fing sie dann geschickt wieder auf.

Als ich die Halle verließ, stritten sie über ihren Lohn. Ich stand an der Hofmauer und leckte mir die klebrigen Finger, als die beiden Reiter vor die Tür traten.

„Ein paar mickrige Pence für eine sechs Tage lange Reise", beschwerte sich der Jüngere von den beiden. „Das ist das letzte Mal, dass ich für Lupus arbeite."

„Der junge Herr ist da wesentlich großzügiger", sagte sein Gefährte. „Letztes Mal bin ich mit einer vollen Börse wieder abgezogen. Master Piers ist ein Mann, der sein Wort hält. Zu dumm, dass er nicht da war."

„Nun ja. Bleiben wir über Nacht, oder reiten wir besser doch gleich weiter?"

Sein Gefährte sah forschend zum Himmel hinauf und schnüffelte in den Wind. „Es sieht nicht nach Regen aus, und bis die Sonne untergeht sind es auch noch ein paar Stunden. Am besten, wir brechen auf.“

Sie bestiegen ihre müden Pferde und ritten langsam in den Frühlingsnachmittag hinein.

Nach dem Essen hatte ich schrecklichen Durst. Sehnsüchtig dachte ich an den Krug mit Bier zurück. Doch ich wollte Ranulph unbedingt aus dem Weg gehen, und so begab ich mich wieder auf den Hof.

Neben dem Taubenschlag türmte sich mittlerweile ein riesiger Misthaufen und frisches Stroh wurde in die Ställe geschaufelt. Ich lief direkt zum Brunnen, zog etwas Wasser hoch und trank in großen Schlucken. Es war trübe, aber kalt und erfrischend. Ich zog gerade noch etwas hinauf, als Piers und Emma von ihrem Ausritt zurückkamen. Emmas Gesicht war vom Galoppieren gerötet, und die Pferde schnaubten. „War das schön!“, rief sie, als ich die Pferde in Empfang nahm. „Piers hat mich zu einem Wettrennen angestiftet. Falada hat natürlich gewonnen.“

„Aber nur, weil ich Jet zurückgehalten habe“, sagte Piers und grinste.

„Gar nicht wahr“, schmollte sie und befreite ihre Füße aus den Steigbügeln, damit er ihr vom Pferd helfen konnte. Sie sah sich um. „Ich dachte, der Händler würde heute kommen. Er hat mir Seide für das Brautkleid versprochen.“

„Nur Geduld“, beschwichtigte Piers sie. „Erst muss ich den Gewinn aus dem Verkauf der Tiere haben. Habt Ihr Reisende angetroffen, Frauenzimmer?“

„Ja“, antwortete ich. „Zwei Reiter waren da.“

Piers wurde sehr still. „Meine Männer waren da und sind wieder gegangen? Aber was ist mit meinem Geld?“ Als ich ihm berichtete, was geschehen war, verdunkelte sich seine Miene. „Mein Oheim hat es also. Er wird es für sich behalten.“

„Aber das ist doch Diebstahl“, rief ich empört.

„Aye. Das ist nicht das erste Mal, dass sich Onkel Ranulph meines Silbers bemächtigt.“ Er ballte die Faust. „Ich habe so viel Zeit und Arbeit in den Schimmel investiert. Und in die Ponys ebenfalls – alles umsonst. Mein Oheim tut mir großes Unrecht.“

„Dann redet doch mit ihm. Sagt ihm, dass das Silber nicht ihm, sondern Euch zusteht.“

„Das kann ich nicht. Solange ich nicht volljährig bin, kann er über mich bestimmen. Zur Hölle damit! Ich hatte die Männer extra angewiesen, nur mir Rechenschaft abzulegen. Ich brauchte das Silber für die Hochzeit.“

„Wir werden auch so auskommen, Piers“, sagte Emma Mytton sanft.

„Da wäre noch etwas.“ Ich hielt kurz inne und platzte dann heraus: „Ihr solltet auf der Hut sein. Ich habe Euren Oheim und einen anderen Mann belauscht. Wulfric war sein Name.“

„So ein schmieriger Kerl mit einem schielenden Auge? Das ist der Köhler. Wir machen manchmal Geschäfte mit ihm. Wieso, was ist mit ihm?“

Als ich es ihm sagte, lachte er ungläubig auf. „Ranulph will mich ermorden lassen? Frauenzimmer, da müsst Ihr Euch aber gehörig verhört haben! Ranulph ist ein schwieriger Mensch und nicht immer der Ehrlichste, aber er ist mein Vormund. Als solcher würde er mir kein einziges Haar krümmen. Abgesehen davon findet er keinen Gefallen an Gleggs Hall, vom Pferdehandel ganz zu schweigen. Was hätte er also davon, wenn ich stürbe?“

Ich war in einem Unternehmerhaushalt groß geworden und hätte ihm da so das eine oder andere über Grundbesitz erzählen können. Die Zucht florierte. Und Emma Mytton mit ihren hausfraulichen Fähigkeiten und ihrem Händchen für Pferde wäre die ideale Ergänzung. Ohne Piers und mit Emma Mytton als die Frau an seiner Seite hätte Ranulph einen ganz anderen Status. Er besäße einen gut geführten Hof, auf dem er Gäste empfangen und seinen Bekanntenkreis vergrößern könnte.

Geschäfte werden beim Essen gemacht. Und das war vor vielen Jahrhunderten nicht anders gewesen. Frühstücksmeetings, Lunchtermine und den einen oder anderen Geschäftsabschluss beim Abendessen – Dad konnte ein Lied davon singen.

Piers wirkte verunsichert.

Emma Mytton nahm seinen Arm und hielt ihn fest. „Macht Euch keine Sorgen. Wir können die Seide für das Hochzeitskleid genauso gut ein andermal kaufen. Und was Ranulph anbelangt, will er uns gewiss nichts Böses."

Das gefiel mir ganz und gar nicht. Ich würde sie nie überzeugen können. Die Pferde stampften unruhig, sie konnten es kaum erwarten, zurück in den Stall und zu ihrem Futter zu kommen. Emma Mytton fielen ihre Befehle wieder ein, die sie Jenkins erteilt hatte.

„Die Stallungen. Ich will nachsehen, ob alles zu meiner Zufriedenheit erledigt wurde."

„Alles wurde so ausgeführt. Ich hoffe, Ihr seid zufrieden", sagte ich müde. Meine Umgebung schien zu verschwimmen.

„Zufrieden mit was?", wiederholte Natalie.

„Nichts", sagte ich ungehalten. „Was ist denn los? Was willst du von mir?"

Ich wollte sie nicht kränken, aber ich machte mir Sorgen. Ich wollte allein sein und nachdenken.

Natalie sagte: „Du hast im Schlaf geredet. Alles in Ordnung?"

„Mir geht's gut. Ich wollte ...", ich bückte mich, um die Tube mit der desinfizierenden Salbe aufzuheben, die zu Boden gefallen war, „... das nur gerade auftragen."

„Hast du deine Meinung über die Teilnahme an der Jagd immer noch nicht geändert?", fragte sie.

„Was?" Ich starrte sie an. Hatte nicht Emma Mytton von einem Wettreiten gesprochen? Oder sprach sie von irgendeiner Wette? Endlich dämmerte es mir. „Oh, du meinst Maybury? Nein, ich habe meine Meinung nicht geändert."

„Es liegt an dem Ort hier, stimmt's?" Sie ließ nicht locker. „Mir geht's genau so. Irgendwas stimmt nicht mit Gleggs Hall. Em, ich glaube, mir gefällt es hier nicht."

„Ach, komm schon", sagte ich und versuchte Geduld zu bewahren. Dass Natalie hier wegwollte, war das Letzte, was ich jetzt gebrauchen konnte. „Das meinst du doch nicht ernst. Denk doch nur an all die tollen Ausritte."

Ihre Unterlippe zitterte. „Diese Säulen mit den Wolfsköpfen. Ich habe ständig das Gefühl, dass sie mich beobachten."

„So ein Unsinn", log ich. „Hör zu, ich bin müde. Ich will einfach nur ins Bett."

Natalie verschwand schmollend in ihr Zimmer.

Ich zog mich aus, ließ mich aufs Bett fallen und grübelte über meine letzte Zeitreise nach. Überall Probleme – in der Vergangenheit genauso wie in der Gegenwart.

Bei diesem Gedanken fielen mir die Augen zu. Ich träumte davon, mit Falada am Maybury-Wettreiten teilzunehmen. Wir galoppierten, und ich verlor die Kontrolle über sie. Kein gutes Omen.

Und als es endlich Samstag war, hätte sich Minstrel gar nicht schlimmer aufführen können.

Kapitel 5

„Hör auf, Minstrel!“, rief ich und kämpfte mit ihr, als sie begann sich wild im Kreis zu drehen. Nachdem sie schon auf dem Hinweg ständig seitlich ausgebrochen war, drehte sie jetzt erst recht auf, da Natalie zum Anmeldezelt geritten war, um unsere Startnummern abzuholen.

„Bill sagt ja, dass alle Araber überzüchtet sind“, sagte Richard und brachte Magpie mit sanftem Schenkeldruck aus der Gefahrenzone.

Das hatte mir gerade noch gefehlt. „Wenn ich Bill Garsons Meinung hören möchte, dann frage ich ihn selbst“, herrschte ich ihn mit zusammengebissenen Zähnen an. Minstrel gab plötzlich nach und wurde ruhiger.

Es war ein windiger Tag, dicke Wolken jagten über den fahlen Himmel. Der Wind blies über die Wiesen von Maybury Grange, ließ die nackten Äste der Eichen und Buchen hin und her schnellen und verwehte die herumliegenden Strohhalme aus den Anhängern und Transportern in alle Richtungen.

Wir waren extra früh aufgestanden, hatten die Ponys ausgiebig gestriegelt und ein letztes Mal überprüft, ob sich das Zaumzeug in einem guten Zustand befand. Eine Jagd war zwar keine Prüfung, bei der es in erster Linie auf den äußeren Eindruck ankam, aber ein gutes Auftreten zahlte sich letztendlich immer aus. Magpies weiße Abzeichen blitzten, und Wren, die stets wie aus dem Ei gepellt ausah, glänzte heute ganz besonders. Minstrels Fell hatte einen leuchtend kupferfarbenen Schimmer. Ich wünschte mir, sie würde sich auch so vornehm benehmen wie sie aussah!

Magpie kaute konzentriert auf seinem Gebiss und sah sich die Umgebung gut an. Mehrere Reihen von Autos belegten den Parkplatz. Kinder auf kräftigen kleinen Ponys galoppierten die Gänge zwischen den Transporten rauf und runter. In der Nähe gab eine dunkelhaarige Frau in weißen Reithosen und einem schwarzen Jackett ein paar ernst dreinblickenden Jugendlichen auf herausgeputzten Ponys letzte Anweisungen. Die Reiter trugen alle Reitvereinskrawatten.

Das Wettreiten hatte begonnen und schon überquerte die erste Gruppe das Feld. An strategisch wichtigen Stellen hatte man Ordner aufgestellt, und es gab Schilder mit Pfeilen, die einem die Richtung wiesen.

Ein fuchsfarbenes Pony galoppierte vorbei. Minstrel setzte ihm auf der Stelle nach.

„Halt, Minstrel!“, rief ich. Wir hatten noch nicht einmal angefangen, da fühlten sich meine Arme an, als würden sie gleich abfallen.

„Probleme?“, rief die Frau vom Reitverein zu mir herüber. Die Reiter mit ihren glänzenden Kappen musterten mich streng. Ich wurde rot und sagte: „Nein, nein. Sie ist nur ein wenig aufgeregt.“

„Minstrel gibt gerne an“, fügte Richard hinzu und strich Magpie dabei sanft über den Mähnenkamm. „Magpie macht so etwas nie.“

Die Frau lächelte. „Er ist sehr gut erzogen. Die Stute – Minstrel, stimmt’s? Schöner Name – nun, sie ist noch sehr jung.“

„Minstrel ist fünf“, sagte ich.

„Na siehst du. Sie wird schon noch ruhiger werden. Viel Spaß bei eurem Ritt.“

Sie wandte sich wieder ihren Zöglingen zu.

„Da sind sogar zwei Jungen dabei“, stellte Richard fest. „Ich hätte nichts dagegen, bei denen mitzumachen. Normalerweise sind das immer nur Mädchen.“

„Stimmt“, sagte ich. „Ich für meinen Teil lege keinen großen Wert darauf.“

„Man kann da einiges lernen. Ich werd Mum mal fragen."

„Am besten, du wartest damit noch ein bisschen. Mum hatte in letzter Zeit ziemlich viele Ausgaben", sagte ich.

Richard zog einen Flunsch. „Immer geht es nur ums Geld!"

Natalie kam herangetrabt, die Startnummern zwischen den Zähnen. Sie verteilte sie, während die daran befestigten Bänder im Wind flatterten. Minstrel schnaubte unwillig. Richard ließ Magpies Zügel fallen, um seine Startnummer mit einem ungeschickten Knoten festzumachen. „Nummer Dreißig", sagte er. „Hoffentlich ist es eine Glückszahl."

„Pass auf die Zügel auf!", warnte ich ihn. „Magpie könnte plötzlich losstürmen."

„Magpie doch nicht", widersprach Richard.

„Wir sind um viertel nach elf dran", verkündete Natalie und band ihr eigene Startnummer, die Achtundzwanzig, mit einer ordentlichen Schleife fest. „Alle zehn Minuten startet eine neue Gruppe. Das Wettreiten dauert insgesamt eine Stunde, je nachdem, wie schnell ihr seid. Viele Hürden. Man kann aber auch die Gatter nehmen."

Verrückt, dachte ich, als ich abstieg, um meine Startnummer, die Neunundzwanzig, zu befestigen. Minstrel war einfach noch nicht so weit. Sie war untrainiert, unruhig ... und viel zu aufgeregt für so eine Veranstaltung.

„Ich werde mich an den Zäunen versuchen", sagte Richard. „Ich bin mit Magpie jeden Tag über unsere Hindernisse gesprungen. Bill sagt, wir machen große Fortschritte." Natalie hatte mit Wren ebenfalls trainiert. Ich dagegen hatte nicht einmal einen Gedanken daran verschwendet. Ich stieg wieder auf und sah auf die Uhr. „Fast elf. Lasst uns zum Start reiten." Minstrel brach seitlich aus, während die anderen energisch lostrabten. Wrens kleine Ohren waren so aufgestellt, dass sich ihre Spitzen beinahe berührten.

„Viel Glück!", rief uns die Frau vom Reitverein hinterher.

„Danke", gaben wir zurück.

Am Start gab ein junger Typ in Jeans und Windjacke die

Anweisungen. „Immer den Schildern nach. Im Wald müsst ihr aufpassen, da ist es rutschig. Ansonsten sind die Bodenverhältnisse gut. Ach so, und bleibt vom Hochland weg. Das ist zu unsicher für die Pferde, verstanden?"

Das Mädchen neben ihm senkte die Flagge und wir stürmten los, rasten über die Wiese auf den ersten Zaun zu, ein simpler Pferdezaun. Keiner von uns sprang darüber. Wir entschieden uns für das Gatter und die Wiesen dahinter. Minstrel zerrte an den Zügeln und wollte partout nicht auf die Hilfen reagieren.

Wren galoppierte aufgeregt nebenher. Natalie sah besorgt aus. „Ruhig, Wren. Ganz ruhig", murmelte sie.

Die nächste Hecke tauchte vor uns auf. Natalie und ich hielten auf das offene Gatter zu. „Ich wag es!", sagte Richard und bereitete Magpie auf den Sprung vor. Magpie nahm die Hürde ohne Probleme, aber beim Landen buckelte er und Richard verlor einen Steigbügel.

„He! Benimm dich", rief Richard und angelte mit den Zehen nach dem baumelnden Steigbügel. Er hatte seinen Fuß gerade darin untergebracht, als Magpie erneut bockte und Richard den anderen Steigbügel verlor. Minstrel galoppierte mittlerweile wie wild und war nicht mehr zu bremsen. Alles, was ich jetzt noch tun konnte, war im Sattel zu bleiben und die Richtung anzugeben.

Hinter uns startete eine weitere Gruppe. Richard warf einen Blick über die Schulter. „Das sind die vom Reitverein."

Vor uns verließ die zuvor gestartete Gruppe den Wald und steuerte das Weideland dahinter an. „Die werden schon Recht haben", keuchte Natalie. „Im Gegensatz zu uns kennen sie die Strecke."

Ein Graben, der durch einen niedrigen Zaun begrenzt wurde, führte in den Wald. Die Alternative war ein schlammiger Weg voller Pfützen, der von zwei Ordnern flankiert wurde. Wir wählten den Weg. Zuerst raste Minstrel wie wild durch den Sumpf und spritzte Schlammfontänen in alle Richtungen.

Die Ordner wichen zurück, sie waren von oben bis unten eingedreckt. „Vielen Dank auch!“, brüllten sie.

„Entschuldigung!“, sagte ich und musste zusehen, wie sich die Szene bei Natalie und Richard wiederholte. Die Flüche klangen uns noch in den Ohren, als wir in Richtung Wald weitergaloppierten, tief über die Hälse unserer Ponys gebeugt, um den unteren Ästen auszuweichen.

Wir hatten den Schutz der Bäume gerade verlassen, als alles hoffnungslos schiefging. Der Parcours führte nach rechts über flache Wiesen, während das Gelände zu unserer Linken langsam ins Hochmoor überging und hügelig wurde. Minstrel, die den elastischen Torf unter ihren Hufen spürte, entschied sich für Letzteres. Und Wren und Magpie rissen an den Zügeln und galoppierten hinterher.

„Brr, Minstrel“, keuchte ich, hielt mich am Sattel fest und zog an den Zügeln, um sie dazu zu bringen, langsamer zu werden. „Brr.“

Aber Minstrel kämpfte stur gegen mich an und jagte in donnerndem Galopp weiter. Sie nahm Kurs auf das offene Moor mit seinen trügerischen Pfützen und dem tiefen, alles verschlingenden Sumpf. Hinter uns konnte ich hören, wie Natalie mit Wren zu kämpfen hatte und Richard deftige Flüche ausstieß. Ihre Stimmen wurden schwächer, als sie immer mehr zurückfielen, und bald war nichts anderes mehr zu hören als Minstrels Hufschlag auf dem harten Boden und das Pfeifen des Hochlandwinds.

„Brr“, versuchte ich es noch einmal.

Wir hatten jetzt das Moor erreicht, und alles sauste in einem verschwommenen Graugrün an mir vorbei. Minstrels Muskeln spielten unter ihrer Haut, während mir ihre Mähne ins Gesicht wehte. Vor uns stoben verschreckte Schafe auseinander und aus der Heide flatterte ein Fasan auf. Meine Hände waren vom Halten der Zügel schon ganz taub, jeder Atemzug schmerzte und ich hatte schreckliches Seitenstechen.

Und dann hörte ich hinter mir wie durch ein Wunder einen

regelmäßigen Hufschlag und eine Stimme, die nach mir rief. „Halte durch! Ich komme. Bleib fest im Sattel, das ist die Hauptsache."

Es war die Frau vom Reitverein.

Sie schloss mit ihrem großen Schimmelwallach zu mir auf, packte Minstrel an den Zügeln und zog fest daran. „Brr, Pony. Bleib endlich stehen."

Nach und nach verlangsamte Minstrel ihr wahnsinniges Tempo. Sie fiel in in einen langsamen Galopp, dann in Trab, bis sie schließlich schäumend und schnaufend stehen blieb.

„Gut gemacht", sagte die Frau. „Du bist oben geblieben. Wirklich ausgezeichnet! Vor allem bei diesem Tempo." Sie grinste mich an, ihr rundes Gesicht war freundlich und ohne jeden Vorwurf. „Bist du schon so weit, dass wir zu den anderen zurückreiten können?"

„Ja", krächzte ich. Mein Lungen schmerzten, in meine Armen fühlte ich ein starkes Ziehen, meine Beine waren wie aus Watte – und das Seitenstechen, das mich bei jedem Atemzug quälte, hatte auch noch nicht nachgelassen. Minstrel sah sich leicht erstaunt um, so als ob sie erst jetzt realisieren würde, wo sie sich befand.

Wir machten uns im Schritt auf den Rückweg. Ich spürte den kühlen Wind auf meinen heißen Wangen und roch den frischen Duft der heidebewachsenen Hügel.

„Ihr seid die neuen Bewohner von Gleggs Hall, stimmt's?", fragte die Frau nach einer Weile. „Ich bin Hillary Anderson. Du kennst bestimmt meinen Mann Ewen. Er ist Tierarzt und hat die Praxis in Maybury."

„Oh, ja", sagte ich.

Sie lachte und plauderte munter drauflos. Sie hatten Welsh Ponys der Sektion A und B und ein paar Cobs, die sie auf Shows vorstellten. „An der Hand und unterm Sattel – wenn wir entsprechende Reiter finden. Und dann mache ich auch noch den Reitverein." Sie lachte wieder und fügte hinzu. „Ich bin die neue Bezirksverwalterin."

Das Seitenstechen ließ langsam nach und mein Atem ging auch nicht mehr so schnell. Ich erzählte Mrs. Anderson, wie wir hießen, und vertraute ihr zögernd an, dass unsere Ponys kaum mehr wieder zu erkennen waren, seit sie auf Gleggs Hall angekommen waren. Sie wirkte so verständnisvoll, dass ich ihr beinahe – aber nur beinahe – alles erzählt hätte. Manchmal ist es einfacher, sich einem völlig Fremden anzuvertrauen als einer Person, die einem nahe steht. Doch sie hätte mich für verrückt halten können, weil ich Gespenster sah. „Da, wo wir früher gewohnt haben, gab es an dem Betragen unserer Ponys nicht das Geringste auszusetzen, auch bei Minstrel nicht“, endete ich deshalb mit leiser Stimme. Das klang wie eine Ausrede, auch wenn Mrs. Anderson unmerklich nickte.

„Sie brauchen einfach noch etwas Zeit“, sagte sie. Liegt euer Grundstück nicht neben der Maybury Hill Farm? Das ist Ewens Elternhaus: Josh Anderson ist sein Vater.“

Das wurde ja immer besser. Gott sei Dank hatte ich ihr nicht von Piers, Ranulph und den anderen erzählt. „Das stimmt. Leider ist Mr. Anderson nicht gerade gut auf uns zu sprechen. Die Ponys sind ausgerissen und haben seine ganze Ernte zertrampelt. Er war nicht sehr begeistert.“

„Das kann ich mir vorstellen“, nickte Mrs. Anderson. „Hör zu, wenn du willst, kannst du die Jagd zusammen mit meiner Gruppe beenden. Warum kommst du nicht zu einem von unseren Turnieren? Dafür muss man nicht Mitglied sein. Komm einfach als Gast und lern die anderen kennen.“

Sie denkt bestimmt, dass bei uns Hopfen und Malz verloren ist und dass wir dringend trainieren müssen, vermutete ich, und meine Laune verschlechterte sich zusehends. „Danke“, murmelte ich. „Ich werde Natalie und Richard Bescheid geben.“

Sie versprach, mir eine Liste mit allen Veranstaltungen zu schicken und beließ es dabei. Jetzt hatten wir wieder die Felder erreicht. Vor uns warteten unter einer Baumgruppe einige Reiter. Ich erkannte Magpies weiße Abzeichen.

Mrs. Anderson nahm die Zügel auf. „Da seid ihr ja. Wollen wir galoppieren? Los, Rocky."

Es herrschte eine gedämpfte Stimmung, als wir den Rest der Strecke hinter der Bezirksverwalterin herritten. Bei uns waren fünf Vereinsmitglieder, die zwar nicht gerade unfreundlich, aber auch nicht besonders herzlich waren. Sie machten auf ihren Ponys übrigens keine bessere Figur als wir, bemerkte ich schadenfroh. Als wir schließlich durchs Ziel ritten, bedankten wir uns bei Mrs. Anderson.

„Vergesst das Turnier nicht!", rief sie uns nach.

„Bestimmt nicht", sagte ich.

„Was für ein Turnier?", fragte Richard.

„Beim Reitverein. Sie hat uns eingeladen."

„Oh, das ist ja toll!", sagte Natalie. „Vielleicht wird dann noch mal so ein Überflieger aus uns wie das Mädchen auf dem Braunen. Sie hat mir erzählt, dass sie sich für die Regionalmeisterschaft im Springen qualifiziert hat."

„Der Junge auf dem Falben genauso. Wer weiß, vielleicht sind Magpie und ich nächstes Jahr auch so weit." Richards blaue Augen blickten verträumt drein.

Ich seufzte. „Ich wäre schon froh, wenn sich die Ponys etwas beruhigen würden. Sie waren furchtbar heute."

„Minstrel war die Schlimmste", sagte Richard.

„Ich weiß. Sie wollte einfach nicht hören."

„Zumindest bist du nicht runtergefallen", versuchte Natalie mich aufzumuntern.

„Ich hoffe nur, dass sich das nicht herumspricht. Wenn wir einen so unfähigen Eindruck machen, spricht das nicht gerade für das Therapiezentrum."

Zu allem Überfluss stolperte Minstrel und begann zu lahmen. Ich hielt an, stieg ab und befühlte ihre Beine. Keine heißen Stellen, auch das Schultergelenk schien unverletzt.

„Vielleicht ist sie ja in einen Stein getreten und lahmt deshalb", vermutete Natalie. „Ich werde sie morgen zu Andy Ross bringen."

„Sonntag“, sagte Richard, „ist die Schmiede geschlossen.“

„Dann eben am Montag nach der Schule. So ein Pech aber auch. Mum wird ganz schön fertig sein.“

Wie sich herausstellte, hatte Mum ganz andere Sorgen als ungezogene oder lahmende Ponys. „Etwas Merkwürdiges ist passiert“, sagte sie. „Erinnerst du dich noch an das Paket, das heute morgen mit der Post gekommen ist, Emma?“

„Das vom Kräuterspezialisten? Du hast gesagt, ich soll es in den Flur legen.“

„Es ist aber nicht mehr dort.“

„Hast du im Brennraum nachgesehen?“, fragte Natalie.

„Ich habe überall gesucht“, sagte Mum. „Es ist verschwunden. Dad fehlen sechs Säcke mit Düngemitteln und Holly behauptet, Werkzeuge seien verschwunden.“

„Hast du die Polizei benachrichtigt?“, fragte ich Mum.

„Ja.“ Mum sah besorgt aus. „Sie haben einen Beamten namens Wells vorbeigeschickt, und der hat mir vorgeschlagen, eine bessere Alarmanlage installieren zu lassen, eine mit Warnblinklicht und Sirene. Dabei hatten wir uns eigentlich dagegen entschieden, weil wir die Pferde nicht aufregen wollen. Du weißt ja, wie sehr sie so etwas hassen.“

„Magpie wäre das egal“, winkte Richard ab.

„Richard, bitte“, herrschte ihn Natalie an. „Wir reden hier nicht von Ponys. Wir reden hier von richtigen Pferden.“

„Und das ist noch nicht alles“, fuhr Mum fort. Erinnert ihr euch noch an die Finanzierungsgesellschaft, die in uns investieren wollte? Sie haben abgesagt. Ich habe fest mit dem Geld gerechnet für die Gehälter der nächsten Monate, so lange, bis es mit dem Therapiezentrum richtig losgeht. Manchmal denke ich, Gleggs Hall ist verhext!“

Kapitel 6

Minstrel lahmte, weil sie eine Hufverletzung hatte.

„Das kann ein spitzer Stein gewesen sein“, meinte Andy Ross, der das Hufeisen entfernte. „Ihr habt doch einen Therapie-Pool bei euch. Versuch es damit. Ich werde versuchen die Prellung wegzubekommen.“

„Wie lange dauert es, bis ich sie wieder reiten kann?“, fragte ich ängstlich. Ostern stand vor der Tür und damit auch Nicks Besuch. Es wäre schrecklich, nicht zusammen ausreiten zu können.

„Eine Woche oder so, das ist keine große Sache.“ Andy zog das Eisen ab, warf es in eine Ecke und machte sich an dem neuen zu schaffen.

Ich erkundigte mich nach Mrs. Ross.

„Val ist im Krankenhaus. Noch mehr Untersuchungen.“ Er klang besorgt. Ich dachte an Mrs. Ross, daran wie flink ihre Finger über die Klaviertasten glitten, an ihre beschwingte Stimme und ihre Begeisterung für alles, was mit Musik zu tun hatte. Ich wollte ihr eine Karte schreiben, das würde sie vielleicht ein wenig aufheitern.

„Richten Sie ihr aus, dass wir sie in der Schule sehr vermissen“, sagte ich.

„Mach ich.“

Andy suchte im Werkzeugkasten nach einer Feile. Dann sah ich sie – eine Kneifzange, die genauso aussah, wie die in Christophers Auto. Sie war neu, das Metall war noch ganz sauber und glänzte.

Christopher und Andy verstanden sich gut. Sie trafen sich im Pub, spielten gern eine Partie Billard zusammen und interessierten sich beide für Jazz. Christopher würde doch nicht hinter den Diebstählen im Therapiezentrum stecken? Und Andy Ross? War er vielleicht in die Sache verwickelt? Oder hatte da jemand nur einmal etwas mitgehen lassen? Andy hatte erwähnt, dass er knapp bei Kasse war. Da war die Versuchung groß, bei einem solch gefragten Werkzeug zuzugreifen.

Ein anderer Kunde kam mit einem Anhänger, in dem zwei Pferde standen. Andy beeilte sich, mit Minstrel fertig zu werden, und dann brach ich auf und führte sie nach Hause. Ihre unbeschlagenen Hufe machten dumpfe Geräusche auf dem weichen Rasen.

Nach dem, was ich da gerade gesehen hatte, war ich völlig verwirrt. Noch würde ich Mum gegenüber nichts davon erwähnen. Schließlich könnte er die Kneifzange auch völlig legal erworben haben – jeder konnte sie im Fachhandel kaufen. Außerdem machte mir Andy einen anständigen Eindruck. Wahrscheinlich war das alles nur ein dummer Zufall, der nichts bedeutete.

Es war März, und als ich zu Hause ankam, begann es schon zu dämmern. Als ich mit Minstrel am Haus vorbeiging, kam Mum aus dem Garten, wo sie gerade Unkraut gejätet hatte.

„Vogelmiere!“, knurrte sie. „Alles ist voll davon.“ Da fiel es mir schlagartig wieder ein. „Du könntest sie an Chippy verfüttern“,sagte ich. „Ist Vogelmiere nicht gut gegen Atembeschwerden?“

Mum warf einen misstrauischen Blick auf das gejätete Unkraut in der Gartentasche. „Seit wann denn das?“

„Seit Jahrhunderten“, wich ich patzig aus.

„Emma, du bist furchtbar empfindlich in letzter Zeit“, sagte Mum – typisch Mutterinstinkt. „Was ist denn los?“

Ich schluckte, konzentrierte mich auf das Nächstliegende und murmelte: „Es ist wegen Minstrel. Andy sagt, sie hat eine Hufverletzung, sie braucht Hydrotherapie. Und das ausgerechnet jetzt, wo doch Nick bald kommt und wir zusammen ausreiten wollten.“

„Wir werden einen Breiumschlag machen“, schlug Mum vor. „Hydro muss da gar nicht sein. Du solltest Minstrel dann und wann in den Bach stellen. Der kommt direkt aus den Bergen. Das Wasser ist sehr mineralhaltig.“

„Ich werd sie gleich hinbringen“, murmelte ich und machte, dass ich fortkam.

Die meisten Araber hassen Wasser. Was man von Minstrel allerdings nun überhaupt nicht sagen kann. Kaum war sie in den Glegg gestiegen, hob sie auch schon ihre Hufe und planschte fröhlich darin herum.

„He!“, schrie ich und zuckte unter den eisigen Wasserspritzern zusammen. Aber Minstrel wurde nur noch ausgelassener, schlug mit dem Schweif und berührte damit die Wasseroberfläche. Völlig durchweicht, halbblind und kichernd bemühte ich mich, sie aus dem Wasser zu bekommen, als ich eine Stimme sagen hörte: „Hör auf mit dem Unsinn, Falada.“

Ich strich mir die Wassertropfen aus den Wimpern und sah mich um. Es war helllichter Tag. Die heckengesäumten Felder und der rote Ziegelbau waren verschwunden. Ich war wieder auf dem alten Gleggs Hall und trieb Falada aus einem wesentlich tieferen und schneller fließenden Bach.

Emma Mytton wartete am Ufer. Sie sah besorgt aus. „Dieser Weg, der zum Haus führt“, sagte sie und runzelte die Stirn. „Er ist so uneben und steinig. Ich frage mich, ob Piers nicht öfter Probleme mit Hufverletzungen hat. Falada muss nachher wieder in den Bach, das Wasser wird ihre Verletzung kühlen. Und einen Majoranumschlag natürlich. Was starrst du mich so an, Emma?“

„N-nichts.“

Nicht die Behandlungsmethode hatte mich überrascht. Viele von Mums Arzneien gingen weit über das zwölfte Jahrhundert hinaus. Aber dass die beiden Stuten gleichzeitig an einer derart ähnlichen Verletzung litten, verblüffte mich sehr. Wieder dieses Muster. Mir war gar nicht wohl zu Mute.

„Arme Falada“, sagte Emma Mytton und streichelte sanft

ihre geliebte Stute. „Jetzt ist aber erst einmal Schluss mit dem Galoppieren."

Wir brachten Falada zurück in den Stall und gingen dann auf das offene Gelände hinter den Stallungen hinaus, wo Piers mit einem der Pferde aus der Mitgift an der Longe arbeitete. Wir sahen ihm dabei zu, während die Sonne mein nasses Haar und meine durchweichte Kleidung trocknete.

Es war ein brauner Hengst, ungefähr drei Jahre alt und sehr hübsch. Piers schlenkerte mit dem Seil und der Hengst tänzelte, bockte, warf seinen Kopf hin und her – er wirkte spitzbübisch und wild.

„Bald werden wir ihm das erste Mal einen Sattel auflegen", sagte Emma Mytton.

Daran hegte ich überhaupt keinen Zweifel. Piers verstand etwas vom Zureiten. Das Pferd tobte immer noch herum und tänzelte nervös.

Piers beruhigte das Tier mit einem sanften Murmeln und schnalzte dann, um es wieder anzutreiben. Der Hengst bäumte sich ein paar Mal spielerisch auf, gab dann aber plötzlich nach und fiel in einen perfekten Trab. Noch ein paar Runden, und Piers brachte ihn zum Stehen, um ihn in die andere Richtung laufen zu lassen. Als er den Hengst erst einmal so weit hatte, dass er auf seinen Befehl hin trabte und galoppierte, ließ er ihn anhalten und übergab mir das Seil. „Hier, Frauenzimmer, sattelt mir Jet." Er wandte sich an Emma Mytton. „Das Wetter ist schön. Wie wäre es mit einem schnellen Galopp, Herrin?"

„Ich kann nicht. Falada lahmt", entgegnete sie. „Außerdem habe ich noch sehr viel im Haushalt zu tun."

Piers zog eine lustige Grimasse. „Der Frühjahrsputz!"

„Alles zu seiner Zeit", sagte Emma Mytton vernünftig. „Ich habe die Dienstboten angewiesen, die Schilfmatten auszutauschen – schrecklich vermodert, diese Dinger."

„Die Pferde müssen bewegt werden", beharrte Piers.

„Dann soll Emma aushelfen", schlug sie vor.

Und so kam es, dass ich auf einer hübschen Rotschimmelstute namens Sweetbriar neben Piers ritt. Sie hatte einen kräftigen Körper, lange gerade gewachsene Beine und schien eine gute Veranlagung zum Springen zu haben. Wie bei Lupus' anderen Tieren auch, waren Mähne und Schweif nicht geschnitten, aber ihr Fell war sorgfältig gestriegelt und glänzte gesund.

Die Kirchenglocken schlugen erneut. Wir überquerten grünschlammiges Land, auf dem ein paar schäbige Hütten standen. Zu manchen gehörte ein Verschlag, in dem die Bewohner ein Schwein hielten. Ein paar magere Kühe grasten auf der Weide und Hühner pickten im Schlamm herum. Vor uns lag ein größeres Fachwerkgebäude. Kein Rauch stieg aus dem Kamin. Die Fensterläden waren verschlossen.

„Clayton Manor", sagte Piers. „Die Familie ist nur selten hier. Es gibt einen Verwalter, der sich um alles kümmert. Er lebt da hinten im Dorf."

Beim Anblick der Ansammlung von baufälligen Hütten warf ich einen entsetzten Blick über die Schulter. „Das ist das Dorf?"

„Aber natürlich. Der Verwalter wird sich heute um das Pflügen kümmern. Er wird froh sein, wieder einmal raus zu kommen, nehme ich an – seine Frau ist ein furchtbar zänkisches Weib! Was haltet Ihr von unserer Kirche?"

Die Kirche, die auf einer Anhöhe stand, war ein bescheidener, aber hübscher roter Ziegelbau mit Buntglasfenstern, die in der Sonne leuchteten. Die schwere Tür aus Eichenholz war schwarz gebeizt.

„Hübsch. Sie sieht ziemlich neu aus", sagte ich.

„Das ist sie auch. Die Buntglasfenster stammen aus Frankreich. Sie nennen das Grisaille. Sehr teuer, weißt du."

Ich persönlich fand zwar, dass das Geld lieber in bessere Behausungen für die Dorfbewohner hätte investiert werden sollen, aber ich war geistesgegenwärtig genug, nichts zu sagen. Der große Glockenturm war nicht mit der Kirche verbunden. Das Glockenläuten wurde von Mal zu Mal lauter und kräftiger.

Piers kicherte. „Eines Tages wird Vater Clement noch das Glockenseil abreißen, wenn er nicht aufpasst!“

„Werdet Ihr hier heiraten?“, fragte ich.

„Aye, und auch begraben sein. Hier befindet sich auch das Familiengrab der Lupus’. Es ist um einiges größer als das des Adelsgeschlechts.“

Damit wollte er mich wohl beeindrucken, aber dieses Gerede vom Tod gefiel mir nicht und ich bekam eine Gänsehaut. Piers grinste mich ungerührt an und nahm die Zügel auf.

„Komm jetzt, Frauenzimmer. Sweetbriar ist ein Pferd, das die Geschwindigkeit liebt und springt wie ein Reh. Sollen wir galoppieren?“

Panik überkam mich und es schnürte mir die Kehle zu. Ich warf einen entsetzten Blick auf das wilde, bewaldete Gelände. Piers und Emma würden hier zweifellos die Zügel schießen lassen und über alles hinwegspringen, was ihnen nur in den Weg kam.

„Lieber nicht“, zögerte ich.

Piers zog ergeben die Brauen hoch und ritt zügig weiter. Er saß aufrecht und bequem im Sattel, hielt seine Hände tief und ließ die Zügel locker. Er vertraute seinem Tier ganz und gar.

Bislang hatte mich Sweetbriar auf die Probe gestellt. Ich hatte sie ein wenig herumtänzeln und auf die Trense beißen lassen, um ihr Zeit zu geben, sich an mich zu gewöhnen. Doch jetzt hatte ich genug. Ich nahm die Zügel fester und gab ihr Schenkelhilfen. Sofort beugte sie ihren Kopf, setzte die Hinterhand schön unter und fiel in einen gleichmäßigen Trab.

Piers sagte: „Ihr reitet sehr gut, Frauenzimmer. Warum wollt Ihr Sweetbriar nicht springen lassen?“

Und ich erzählte ihm Dinge, die ich niemandem zuvor anvertraut hatte. „Ich hatte dieses liebe Pony, mit dem ich beim Springen verunglückt bin. Es hatte sich ein Bein gebrochen.“

„Und deshalb verzichtet Ihr?“

„Aber natürlich. Das Ganze war mein Fehler. Ich hätte ihn nicht dazu antreiben dürfen."

„Es war ein Unglück."

„Trotzdem, es war mein Fehler!", beharrte ich. Da fiel mir wieder ein, dass dies völlig andere Zeiten waren – mit ganz anderen Lebensbedingungen. Eine Epoche, in der ein Leben längst nicht den Wert hatte, den wir ihm heute beimessen. Piers musste das zwangsläufig anders sehen.

„Derartige Dinge geschehen eben", sagte er und musterte mich eindringlich. „Ihr reitet wie ein Bursche. Wenn man Euch so in Eurer Männerkleidung sieht, könnte man beinahe vergessen, dass Ihr ein Frauenzimmer seid, von diesem weibischen Gejammer einmal abgesehen."

Etwas Falscheres hätte er nicht sagen können. „Das ist kein weibisches Gejammer", fuhr ich ihn wütend an. „Ich hab mich schuldig gefühlt, als Danny starb. Ich will nicht noch einmal so etwas verursachen."

„Dann müsst Ihr lernen, Euch besser zu vertrauen. Oder noch besser, Eurem Tier zu vertrauen."

Das hatte ich schon einmal gehört. Reiß dich zusammen. Reite so, als ob Reiter und Pferd eine Einheit wären. Versuch, dich in das Pferd hineinzuversetzen.

Leichter gesagt, als getan.

Piers wies mit dem Kopf nach vorn. „Siehst du diesen umgestürzten Baumstamm dort? Sweetbriar würde darüber hinwegsetzen, ohne dass Ihr es überhaupt bemerkt. Aber wenn Ihr dazu zu feige seid ..."

Noch bevor er den Satz beenden konnte, nahm ich die Zügel auf und versammelte Sweetbriar, so wie es ich einst mit Danny getan hatte. Ich galoppierte ein paar Volten, bereitete mich auf den Sprung vor, und natürlich flog die Stute nur so über das Hindernis, ohne sich dabei auch nur anzustrengen.

Piers lobte mich und galoppierte uns hinterher. Er lachte, und als Sweetbriar den Kopf hochriss und losraste, musste ich ebenfalls lachen und ließ der Stute ihren Willen. Wir rasten

zwischen hohen Bäumen hindurch, sprangen über Wurzelwerk und abgebrochene Äste, während die Hufe Erde aufwarfen. Die Bäume begannen sich zu lichten und wichen dem offenen Moor, das von Flüssen durchzogen und mit Stechginster bewachsen war. Der Wind schlug uns ins Gesicht, zerzauste mir das Haar und wehte mir Sweetbriars Mähne ins Gesicht, als ich mich tief über ihren Hals duckte. Hier gab es keine Hecken, weder Mauern noch Zäune, hier gab es nur die Wildnis der Heide und danach das nackte Braun des Hochmoors.

Mit der Zeit begannen die Pferde zu keuchen. Piers ließ die Zügel locker.

Wir verlangsamten den Galopp und parierten die Pferde dann zum Trab durch. Bald ritten wir im Schritt, die Pferde machten die Hälse lang, schnaubten und schlugen mit dem Schweif. Wir ritten jetzt bergauf, und sie verlagerten ihr Gewicht auf die Vorderhand, um mit der Steigung fertig zu werden, während ihre Hufe im sandigen Gelände Halt suchten.

Als wir eine Art Hochplateau erreichten, blieb Piers stehen, um den Pferden eine Pause zu gönnen. Er wandte sich mir zu, seine Augen glänzten. „Hatte ich es mir doch gedacht, dass Ihr mich nicht enttäuschen werdet“, sagte er sanft. „Euch würde ich meine Pferde jederzeit anvertrauen, Mistress.“

Ein größeres Kompliment konnte ich wohl kaum erwarten und so nahm ich es errötend an.

Eine kühle, frische Bö wehte uns in Gesicht. Es roch nach Regen. Die Pferde hatten die Köpfe gesenkt, rangen nach Luft, ihre Flanken bebten noch vom Bergaufreiten.

Das Tal unter uns wirkte riesig und fremd. Dort unten wand sich ein Weg wie ein weißes Band, auf dem ein einzelner Reiter entlanggaloppierte. Das Pferd war erschöpft, und doch trieb der Reiter es gnadenlos an. Er duckte sich mit angewinkelten Ellbogen über den Hals des Tieres und gab ihm die Peitsche. Die Flecken auf dem Rumpf des Pferdes waren unverkennbar, genauso wie der wehende braune Umhang des Reiters.

„Ranulph“, murmelte Piers. „Eines Tages bringt er das Tier

noch um, wenn er es so antreibt. Doch Ranulph ist das gleichgültig. Pferde gibt es auf Gleggs Hall schließlich genug."

In diesem Augenblick wurden die Pferde, die bereits auf den Hufschlag aufmerksam geworden waren, durch ein weiteres Geräusch alarmiert. Sie legten die Ohren an und rollten angsterfüllt mit den Augen. Jet blähte die Nüstern und schnaubte laut.

Da war es wieder – ein lang anhaltendes Heulen wurde vom Wind zu uns herüber geweht. Piers erstarrte im Sattel. „Habt Ihr das gehört, Frauenzimmer? Das ist der weiße Wolf! Ein schlechtes Omen!"

Jet hob den Kopf und quietschte, und meine Stute begann nervös zurückzuweichen, während ihre Hufe laute Geräusche auf dem losen Geröll machten. Und dann sah ich ihn; eine schlanke grauweiße Kreatur, die sich weiter unten gegen den Boden presste. Der Wolf knurrte und hatte die Lefzen hochgezogen, während sein langer Schwanz bedrohlich hin und her peitschte. Er sah wild und bösartig aus, so als würde er es regelrecht genießem, der Überbringer einer schlechten Nachricht zu sein. Er witterte kurz in unsere Richtung und musterte uns durch seine zu schmalen Schlitzen zusammengezogenen gelben Augen, dann lief er den Abhang wieder hinunter.

„Seht, da läuft er!", rief ich ... aber schon begann wieder alles um mich herum zu verschwimmen. Die Zeitspirale riss mich mit sich, und aus dem lauten Hufgetrappel wurde das Geräusch von Wind, der über das Gras streicht und das Strömen von Wasser. Als das Sausen in meinen Ohren nachließ, war ich wieder zu Hause und umklammerte Minstrels Führstrick, während der Glegg unter unseren Füßen dahinströmte. Ein Flugzeug flog über uns hinweg, das in dem sich verdüsternden Himmel hell aufglänzte.

Mir dröhnte der Schädel und meine Beine zitterten. Trotz alledem war ich in der Lage auf die Uhr zu sehen. Ich musste mehrere Stunden im 12. Jahrhundert verbracht haben, und doch waren in Wirklichkeit nur wenige Minuten vergangen, seit ich meine Zeitreise angetreten hatte.

Minstrel hob den Kopf. Eine Bö trug den Schrei eines Tieres heran und einen Duft; stechend, hundeartig. Ich erstarrte.

Unmöglich, versuchte ich mir einzureden. Die eine Welt konnte sich schließlich nicht mit der anderen vermischen. Ich musste einen Fuchs gehört haben oder einen der Dachse. Doch in meinem tiefsten Innern wusste ich, dass Füchse nicht heulen. Und um diese Uhrzeit zeigten sich die Dachse so gut wie nie. Nicht, wenn ums Haus herum noch so viel los war.

Der Schein der Halogenlampen vor mir verbannte die Dunkelheit. Ich konzentrierte mich auf die Lichter unseres Hauses und zog an Minstrels Führstrick. „Los, Minstrel."

Auf dem Hof schien alles völlig normal zu sein. Natalie und Richard machten die Ponys für die Nacht fertig. Drüben im neuen Hof hatten die Pferde ihre Köpfe über die Stalltüren gestreckt und warteten auf die Abendfütterung.

„Mrs. Anderson hat uns die Veranstaltungsliste vom Reitverein geschickt", rief mir Richard aus Magpies Box zu. „Zu Beginn der Ferien gibt es wieder ein Turnier. Sollen wir hingehen?"

„Ich weiß noch nicht", sagte ich und brachte Minstrel in ihre Box.

„Ich geh auf jeden Fall", rief Natalie.

„Auf mich kannst du auch zählen", sagte Richard.

Da kam Holly und richtete mir aus, dass Mum in der Sattelkammer einen Breiumschlag für Minstrel hinterlegt hatte.

„Danke", sagte ich und begann mit der ersten Behandlung.

Es schien zu helfen. Schon in der darauf folgenden Woche hatte sich Minstrels Zustand soweit verbessert, dass Andy sie beschlagen konnte. Wren und Magpie kriegten ebenfalls neue Eisen. Richards Blick fiel sofort auf die neue Kneifzange, die Andy in der Hand hielt.

„Die sieht ja aus wie unsere. Und ich hatte immer gedacht, das sei eine Spezialanfertigung."

„Ist sie ja auch“, sagte Andy. „Die hab ich einem fahrenden Händler abgekauft. Der hatte auch ein Set Feilen dabei – die Preise waren ziemlich in Ordnung. Val hat ein paar Kupferpfannen gekauft. Er hatte alles hinten in seinem Transporter.“

Das klang zwar plausibel, aber trotzdem ... ich wusste nicht so recht, was ich davon halten sollte. Natalie erkundigte sich nach Mrs. Ross, und Andy sagte, dass man mit der Behandlung begonnen habe. In der Schule hatten wir in Musik mittlerweile einen Aushilfslehrer bekommen. Bevor wir die Schmiede verließen, sahen wir noch kurz im Cottage nebenan bei Mrs. Ross vorbei.

Als wir heimritten, schien es ganz so, als sei über Nacht der Frühling gekommen. Es war immer noch kalt, aber der Himmel hatte sich aufgehellt, die Hecken begannen zu knospen und junge Lämmer sprangen über die Felder.

„Bald sind Ferien“, sagte Richard. „Dann können wir den ganzen Tag reiten! Wie wär’s, wenn wir ein Stück Feld als Trainingsgelände benutzen? Wir könnten uns doch ein paar Hindernisse bauen mit denen wir üben?“

„Oh ja!“, ließ sich Natalie von seiner Begeisterung anstecken. „Was denn für welche? Welche sind am einfachsten herzustellen?“

„Ein doppeltes Rick“, sagte ich ohne nachzudenken. „Dafür brauchen wir doch nur zwei Stangen und drei für ein dreifaches.“

Zwei Paar Augen sahen mich ungläubig an. Es musste inzwischen mehr als ein Jahr her sein, dass ich mich eingemischt hatte, wenn es um Springreiten ging. Ich war von mir selbst überrascht – bis mir Piers Argumente wieder einfielen, mit denen er meinen Vorsatz, nie wieder zu springen, vereitelt hatte.

Und ich war losgeritten und hatte es getan.

Oder etwa nicht?

Hatte ich sie mir nur eingebildet, diese andere Welt, in der ich zu Gast war, immer im Morgengrauen oder in der Dämmerung, immer, wenn ich es am wenigsten erwartete? Aber da war diese Münze. Und die war echt.

„Egal", sagte ich, „für den Anfang braucht ihr schließlich noch keinen kompletten Hindernisparcours. Nur Pfähle und Latten. Ach so, und eine falsche Mauer vielleicht. Streicht sie bunt an, um die Ponys damit vertraut zu machen."

Wieder zu Hause, zogen Natalie und Richard ab um die Sache mit den Hindernissen zu besprechen, und ich lief in den neuen Hof hinüber. Mittlerweile waren acht Pferde eingestellt. Monarch und Piper waren zu ihren Besitzern zurückgekehrt. Monarch konnte wieder vorsichtig geritten werden und Piper, der eine Reihe von Ernährungsrichtlinien mit auf den Weg bekommen hatte, war wieder wohlauf.

Chippy war immer noch da und hustete nach wie vor, wenn auch nicht mehr ganz so stark. Er streckte seinen Kopf zur Boxentür hinaus, als ich mich näherte und wieherte. Ich blieb stehen, um ihn zu streicheln. Die große Schiebetür zur Reithalle stand einen Spalt weit offen. Ich konnte Stimmen hören.

„Ich hab sie über das Geländer gehängt", sagte Christopher verwirrt. „Es ist eine von diesen kühlenden Decken für Tiere mit Hautproblemen. Jane Blake hat sie extra bestellt. Eine mit blauen Karos. Eigentlich nicht zu übersehen."

„Ich hab nichts gesehen, als ich herkam", antwortete Holly.

„Ich auch nicht", grollte Bill. „Bist du sicher, dass du sie nicht in der Box gelassen hast?"

Ich tätschelte Chippy zum Abschied, ging in die Reithalle und dann zum Hydrotherapie-Bereich mit dem im Boden eingelassenen Becken mit Massagedüsen und einem raffinierten System von Wasserhähnen und Hebeln. Ein hübscher Palomino-Wallach mit chronischen Hautbeschwerden schwamm gerade darin herum. Es roch intensiv nach dem Aufguss, den Mum für ihn vorbereitet hatte. Bill hielt den Führstrick, während Holly die Massagedüsen betätigte. Christopher sah sich stirnrunzelnd um.

„Stimmt irgendetwas nicht?", fragte ich.

„Das kannst du laut sagen.“ Christopher fuhr sich über die Stirn, ein eindeutiges Zeichen dafür, dass er ein Problem hatte. „Gerade eben noch hab ich Sovereign die Decke abgeschnallt, und jetzt ist sie weg. Einfach verschwunden!“

„Genau wie die Bandagen“, fügte Holly hinzu. „Ich kann meine nirgendwo finden. Ich weiß genau, dass ich sie in der Sattelkammer ins Regal gelegt habe.“

„Weizensaat fehlt auch“, schaltete sich Bill ein.

„Vielleicht ist ja auch einfach nur zu wenig geliefert worden. Man kann diesen Burschen gar nicht genau genug auf die Finger schauen, finde ich.“

„Soll ich Mum Bescheid sagen?“, fragte ich.

„Besser wäre das schon“, sagte Christopher.

Mum war im Büro und saß am Computer, wo sie über der Buchhaltung brütete. Als ich ihr berichtete, ließ sie sich seufzend in den Stuhl zurücksinken. „Nicht schon wieder! Das heißt, dass ich noch mal die Polizei rufen muss. Die Leute bekommen ein völlig falsches Bild von uns.“

„Ich weiß. War die Decke sehr teuer?

Mum verzog wehmütig das Gesicht. „Sehr. Dasselbe gilt für die anderen Gegenstände, die verschwunden sind.“

„Oje. Wie viel Schaden ist uns denn jetzt schon durch so etwas entstanden?“

„Ein paar Hundert Pfund. Die Polizei wird auch nicht mehr tun, als darauf zu drängen eine Alarmanlage und ein Überwachungssystem anzuschaffen. Und das bedeutet nur noch mehr Kosten. Außerdem ist es sehr unschön für die Angestellten, als würden wir ihnen nicht trauen.“

„Na ja, irgendjemandem hier sollte man wohl besser auch nicht trauen.“

„Das ist doch niemand von unseren Angestellten!“, sagte Mum betroffen. „Irgendetwas stimmt hier nicht. Manchmal habe ich so ein komisches Gefühl, so als spiele sich hinter meinem Rücken irgendetwas ab. Letzte Nacht hätte ich schwören können, einen Hufschlag gehört zu haben. Ich stand auf und sah aus dem Fenster, aber da war weit und breit nichts zu sehen.“

Ihre haselnussbraunen Augen sahen mich gequält und ratlos an. In diesem Moment hätte ich ihr alles sagen müssen, aber ich biss mir auf die Zunge und schwieg. Stattdessen sagte ich: „Du bist eben schrecklich überarbeitet, Mum. Wenn man so erschöpft ist, kommt einem alles doppelt so schlimm vor.“

„Du hast ja Recht. Am besten, ich rufe jetzt auf der Wache an.“

Am nächsten Morgen fuhr der Beamte Wells mit dem Polizeiwagen vor und gegen Ende der Woche ging im ganzen Dorf das Gerücht um, auf Gleggs Hall sei ein Pferd gestohlen worden. Mum reagierte schnell und stellte die Dinge klar, aber der Schaden war bereits angerichtet. Mit der Montagspost traf eine Absage ein. An diesem Morgen beim Frühstück sagte keiner ein Wort.

Später, ich brachte Minstrel gerade in den Stall zurück, wurde mir erneut schwindelig. Ich versuchte mich zu wehren, aber meine Umgebung veränderte sich, genau wie immer. Ich stand in den Stallungen des alten Gleggs Hall und rieb die verschwitzten Flanken von Ranulphs geschecktem Hengst Draco trocken.

Kapitel 7

Er war ein launisches Pferd. Als ich mich ihm näherte, legte er die Ohren an und schnappte nach mir. Als ob damit nicht genug wäre, schlug er auch noch heftig nach mir aus. Ich konnte gerade noch so zur Seite springen, als der Huf an die Stallwand donnerte. Hinter mir ließ Ranulph ein gehässiges Lachen ertönen.

„Bei Draco musst du dich vorsehen, Junge. Reibe ihn trocken. Los, beeil dich, bevor er sich noch eine Erkältung holt."

„Ja, Sir", murmelte ich und hielt den Kopf gesenkt. So lange er mich für einen der Stallburschen hielt, hatte ich nichts zu befürchten – hoffte ich zumindest.

Ranulph schritt davon. Ich sah in der hölzernen Putzkiste nach, ob ich etwas fand, mit dem ich Draco abreiben konnte. So etwas Modernes wie Schwammtücher gab es nicht. Also nahm ich ein Büschel Stroh, tauchte es in einen Eimer Wasser, den ich selbst aus dem Brunnen hochgezogen hatte, und näherte mich erneut dem Pferd. Und wieder legte es die Ohren an und fletschte wieder die Zähne. Draco atmete schwer vor Erschöpfung, und an Hals und Flanken konnte ich Striemen entdecken, die von Peitschenhieben herrührten.

Dracos böse kleine Augen zogen sich zu Schlitzen zusammen, und ständig blitzte das Weiße in seinen Augen auf – er war immer auf der Hut. Mitleid wallte in mir auf. Kein Pferd der Welt hatte einen Herren wie Ranulph Lupus verdient.

„Ruhig, mein Junge", sagte ich sanft. „Ganz ruhig, Draco. Du bist ein braver Junge."

Doch Draco war ganz und gar nicht brav. Er war durch und

durch bösartig, und hätte ich ihm Gelegenheit dazu gegeben, hätte er mich in Grund und Boden gestampft. Aber irgendetwas an meinem Tonfall drang wohl zu ihm durch, und so gelang es mir, ihn zu waschen und trocken zu reiben. Bei jeder abrupten Bewegung von mir schlug er nervös mit dem Kopf und hob dann und wann auch schon mal drohend das Hinterbein.

Auf dem oberen Vorsprung der Trennwand lag die Ringelblumensalbe, die mir Emma Mytton für meine wunde Haut gegeben hatte. Sanft massierte ich ein wenig davon auf die Striemen und auf eine Wunde am Bauch des Pferdes, die von einem schlecht sitzenden Sattelgurt verursacht worden war. Ich fütterte Draco mit ein wenig Hafer, füllte die Futterkrippe und den Wassereimer und ließ ihn allein.

Falada döste in ihrem Stall, den Kopf gesenkt, die Ohren entspannt, ein Hinterbein träge angezogen. Ich sah, dass sie neu beschlagen worden war. Wie Minstrel hatte sie sich keine schwere Verletzung zugezogen.

Der Hof mit den Stallungen lag verlassen da. Weder Piers noch Emma Mytton waren zu sehen, auch keine Reisenden oder Stallknechte, die ihrer Arbeit nachgingen. Aus dem Taubenschlag war das Gurren der sich ausruhenden Vögel zu hören. Einige hatten sich in den Luken niedergelassen, spreizten ihre Federn und sonnten sich.

Die Sonne stand hoch am Himmel, wahrscheinlich waren alle gerade beim Mittagessen. Und so erstarrte ich, als ich plötzlich Stimmen vernahm. Ich hörte sie hinter den Stallungen, schlich etwas näher heran und lauschte.

„Jetzt ist es so weit“, sagte Ranulph.

Jemand atmete hörbar ein. „Ihr wünscht, dass die Tat unverzüglich ausgeführt wird?“

„Aye, Ihr müsst allerdings äußerst geschickt vorgehen. Das Ganze sollte aussehen wie ein Unfall. Vielleicht stürzt er vom Pferd oder fällt unter die Räuber. Ja, das wird wohl das Beste sein. Weiter nördlich findet ein Pferdemarkt statt, den er Ende des Monats besuchen will. Die Straße ist ziemlich einsam. Einem Reisenden kann dort allerhand zustoßen."

Man hörte das Klirren von Münzen, die den Besitzer wechselten. „Ich kann mich doch auf Euch verlassen, Wulfric?"

„Habt keine Angst, Sire. Ich werde die Tat ausführen."

Wulfric trat in den hellen Sonnenschein hinaus, sah sich verstohlen um und schlich dann durch den Obstgarten davon. Kurz darauf erschien Ranulph. Er blieb neben dem Taubenschlag stehen, beobachtete die Vögel und schien es nicht besonders eilig zu haben.

Ich verharrte im Schutz der Nebengebäude, meine Gedanken rasten. Wo war Piers? Ich musste ihn warnen.

Drüben im Haus hörte ich eine Tür schlagen, gefolgt von schnellen Schritten. Emma Mytton betrat den Hof. Sie trug ein bronzefarbenes Gewand und einen rotbraunen Umhang; ihr Haar wurde von einem braunen Samtband zurückgehalten.

Ranulph trat vor und schenkte ihr ein viel sagendes Lächeln. „Mistress Emma. Wie gut Euch das Rotbraun zu Gesicht steht! Ihr werdet doch hoffentlich nicht ganz allein ausreiten?"

„Oh doch, Sire. Falada wird dick, wenn sie nicht bewegt wird. Piers wollte eigentlich mitreiten, doch er hat zu tun."

„Dann werde ich ihn vertreten. Man soll uns die Pferde satteln. Stalljunge!", brüllte Ranulph und sah sich suchend um. „Wo ist der Bursche bloß? Gerade eben war er noch da."

„Das macht nichts, ich werde Falada selbst satteln", sagte Emma Mytton. Ängstlich und ungeduldig versteckte ich mich, bis die beiden in den Stallungen verschwunden waren. Dann rannte ich so schnell ich konnte zum Haus hinüber. Piers war in Gefahr. Ich musste zu ihm und ihn warnen.

Ich kam nicht weiter als bis zur Mitte des Hofs. Plötzlich gaben meine Beine nach, die Zeit raste.

Ich hob meine schweren Lider und sah in den vom Mondlicht erhellten Stall, während Minstrels Lippen neugierig über mein Haar tasteten.

Sie zuckte zurück, als ich sie streicheln wollte, nervös und so ganz anders als die verwegene Stute, die sie einst gewesen war. Seufzend zog ich mich zurück, lehnte mich an die Stalltür und sah nachdenklich in die sternenklare Frühlingsnacht hinaus.

Wenn ich doch noch nur etwas mehr Zeit gehabt hätte! Dann hätte ich Piers ausfindig machen und ihn warnen können. So wie die Dinge lagen, würde er sich nichts Böses ahnend auf seine Reise machen, mutterseelenallein, und an jeder Straßenwindung lauerten neue Gefahren. Dieser verdammte Ranulph und seine finsteren Machenschaften!

Ich sah ihn direkt vor mir, wie er mit Emma Mytton ausritt. Sie umwarb. Verstohlene Blicke, leere Versprechungen. Es war damals nicht ungewöhnlich, eine wesentlich jüngere Frau zu heiraten. Und obwohl sie Piers überaus gewogen war, könnte sie sich durch Ranulphs Aufmerksamkeiten geschmeichelt fühlen. Vielleicht stellte seine hartherzige Haltung den Pferden gegenüber auch eine Herausforderung für sie dar. Vielleicht glaubte sie sogar, sie könne ihn ändern.

In dieser Nacht tat ich so gut wie kein Auge zu. Ich machte mir große Sorgen und fiel erst in den frühen Morgenstunden in einen unruhigen Schlaf voller Alpträume.

Ich wachte auf, weil ich Mum am Fuß der Hintertreppe schimpfen hörte. In der Nacht waren Josh Andersons Schafe durch die Hecke in Dads junges Weizenfeld gestürmt. Damit war die Ernte hinüber.

Und nicht nur die Ernte, die Sache an sich war die reinste Katastrophe. Dad hatte den abgeernteten Bioweizen gewinnbringend verkaufen und den gemahlenen Rest wie Spreu und Kleie an unsere Pferde verfüttern wollen. Jetzt musste die gesamte Ernte untergepflügt und neu ausgesät werden. Die ganze Mühe war umsonst gewesen.

Dad lief mit zusammengepressten Lippen auf und ab. Gut, irgendwann würde die Versicherungsgesellschaft natürlich bezahlen. Aber Dad hatte mit dieser frühen Ernte gerechnet. Er brauchte das Bargeld dringend. Er hatte das Feld abernten wollen, um anschließend Heilkräuter und andere Pflanzen anzubauen. Wir machten jetzt schon Verluste.

Es war höchste Zeit, dass wir uns etwas einfielen ließen. In den letzten Wochen hatten sich Dads Gartenbaukünste herumgesprochen. Immer wenn jemand neu ins Dorf zog und ihm eine verlockende Summe dafür bot, den Gartenbau zu übernehmen, nutzte Dad die Chance und schlug ein.

„Nur an den Vormittagen. Dann bleibt mir immer noch genügend Zeit für uns", sagte er zu Mum.

„Aber das macht doch gar keinen Sinn", wandte Mum ein. „Für andere zu arbeiten, war eigentlich nicht das, was wir uns vorgestellt haben, als wir hierher gezogen sind."

„Ich weiß, aber es ist ja nur vorübergehend, und wir können das Geld wirklich gut brauchen. Ein paar Rechnungen davon bezahlen zum Beispiel."

„Ich werde mich beim Haushaltsgeld einschränken", sagte Mum sofort.

Wir steckten die Köpfe zusammen und machten eigene Vorschläge für Sparmaßnahmen. Richard, der sich nach echten Turnierhindernissen sehnte, wollte sich mit Pfählen und alten Tonnen zufrieden geben. Ich half ihm, eine falsche Mauer zu bauen, die er und Natalie in einem grellen Lila und Orange anstrichen. Sie wollten nichts lieber, als dem Reitverein beitreten, waren aber bereit, sich an den Einsparungen zu beteiligen und warteten deshalb noch etwas mit ihrem Vorhaben. Denn dabei ging es nicht nur um die Mitgliedsbeiträge. Die Gruppe, die wir bei der Jagd gesehen hatten, war sehr herausgeputzt gewesen. Mitglied zu werden, hätte bedeutet, sich neue Reitsachen und Sattelzeug anschaffen zu müssen.

Ich machte mir Sorgen um Mum, für die gerade eine Welt zusammenbrach. Und um Dad, der müder und erschöpfter aussah, als er es während seines verantwortungsvollen Postens je gewesen war. Auch bekümmerte es mich, dass Minstrel immer schwieriger wurde und ich mit den anderen deshalb keine Ausritte mehr machen wollte.

„Gute Idee“, sagte Natalie. „Sie bringt Wren bloß dazu, zu scheuen.“

Das baute mich auch nicht gerade auf.

Ich fiel in ein tiefes schwarzes Loch und bekam zu allem Überfluss auch noch Schwierigkeiten in der Schule: Aufwachen, Emma! Du hast deine Hausaufgaben nicht gemacht? So geht das aber nicht!

Zu Hause war ich launisch, stritt mit meinem Bruder und kabbelte mich mit Natalie. Das brachte mir eine Ermahnung von Dad ein.

„Pubertierende Teenager“, hörte ich Mum seufzend zu Holly sagen. Aber selbst Mum verlor langsam die Geduld mit mir.

Außerdem machte ich mir Sorgen um Piers. Hatte er sich schon in Richtung Norden aufgemacht? Hatte er es überhaupt bis zum Pferdemarkt geschafft?, wollte ich sehnsüchtig wissen. Der gut aussehende Piers, der so humorvoll und so überaus feinfühlig im Umgang mit Pferden war.

Ihm war doch hoffentlich nichts zugestoßen, oder etwa doch? Zu gern hätte ich gewusst, wie es ihm ging.

Wenn es abends dunkel wurde, wünschte ich mir mit jeder Faser meines Herzens in die Vergangenheit reisen zu können. Hätte ich irgendeinen magischen Knopf gehabt, mit dem ich mich dorthin hätte zurückversetzen können, ich wäre der glücklichste Mensch der Welt gewesen. Aber so wie die Dinge lagen, konnte ich nichts weiter tun als abzuwarten. Eine Weile geschah überhaupt nichts. Doch dann, an einem ruhigen Aprilabend, als ich kurz vor dem Schlafengehen schnell noch mit Scamp rausging, holte mich die Zeitspirale wieder ein.

Es waren prächtige Pferde, stämmig und muskulös und so weit entwickelt, dass man daran denken konnte, sie zuzureiten. Sie machten einen lebhaften und aufgeweckten Eindruck.

Die Herde war gerade in den Hof gelaufen, und Emma Myttons Augen glänzten, als sie ein Tier nach dem anderen begutachtete. Doch dann wich ihre Freude größter Besorgnis.

„Piers, Ihr seid ja verletzt! Eine Schnittwunde an der Stirn. Und dann Euer Arm. Was ist passiert?“

„Wir wurden unterwegs von Wegelagerern überfallen“, sagte Piers und zuckte zusammen, als er ungelenk absaß. „Zum Glück war ich in Begleitung, sonst hätte mein letztes Stündlein geschlagen. Die blauen Flecken sind am schlimmsten. Die Schnittwunde ist nicht der Rede wert, bloß ein Kratzer. Und der Arm ist nur verstaucht.“

„Man hat Euch angegriffen?“ Emma erbleichte.

„Aye. Es war nur ein einzelner Mann. Ich nehme an, er war hinter den Pferden her.“

Ich war sehr erleichtert, dass Piers nichts passiert war. Aber Ranulph würde nicht locker lassen. Er würde es noch mal versuchen. Er würde sicher nicht eher ruhen, bis sein Plan zu Ende durchgeführt war.

Ich war drauf und dran Piers zu erzählen, was ich wusste, aber irgendetwas hielt mich davon ab. Er hatte mich deswegen schon einmal verspottet und würde es mit Sicherheit wieder tun. Wahrscheinlich war es besser zu schweigen und stattdessen die Augen offen zu halten.

„Habt Ihr den Angreifer erkennen können?“, fragte Emma Mytton.

„Nein, der Mann war vermummt. Aber ...“ Zweifel schlich sich in Piers Stimme. „Er kam mir bekannt vor. Aber ich bin mir nicht sicher, alles ging so schnell. Als er sah, dass wir zu zweit waren, machte er sich aus dem Staub.“

„Ihr habt großes Glück gehabt. Schnittwunden und Verstauchungen sind leicht zu behandeln.“

Ihr Blick wanderte wieder zu den Pferden hinüber. „Sie sind noch nicht zugeritten, sagtet Ihr? Der Schimmel weist aber eindeutig Sattelspuren auf.“

Piers lächelte ihr zu. „Gut beobachtet, Emma. Der Schimmel und der Rappschecke sind schon an den Sattel gewöhnt. Mit den anderen muss ich noch arbeiten. Gefällt Euch der Schimmel? Er ist sehr lebhaft, denkt daran.“

„Das macht nichts. Er hat so etwas Liebes."

„Dann betrachtet ihn als Euer Eigentum", sagte Piers.

„Oh!" Sie drückte ihm einen entzückten Kuss auf die Wange. „Danke, Piers. Wie sollen wir ihn nennen? Seagull würde gut passen ... aber entschuldigt, Ihr seid müde, und wir müssen Euch verarzten."

Der Begleiter war schon Richtung Haus aufgebrochen.

Emma Mytton schob Piers in dieselbe Richtung. Jenkins tauchte auf und brachte die Pferde in die Umzäunung. In den Stallungen wurden die Tiere gefüttert. Ein Stallknecht erschien und gab den Neuankömmlingen Heu.

Ich hörte schnelle, schwere Schritte, als Ranulph mit wehendem Umhang in den Hof gestapft kam. Er musterte die neuen Pferde abschätzend und ging dann den holprigen Weg zum Tor hinüber.

Heimlich lief ich ihm nach. Auf halber Strecke verließ er den Weg und verschwand im Dickicht der Bäume und Sträucher. Ich schlich mich so nah wie möglich an ihn heran, das Herz schlug mir bis zum Hals. Ich hörte, wie Ranulph leise, aber wütend auf jemanden einredete.

„Was seid Ihr bloß für ein Dummkopf, Wulfric! Ihr habt die einzige Chance verschenkt! Idiot! Blödmann!"

„Mäßigt Euch, Sire", jammerte Wulfric. „Man hat mir gesagt, er sei allein. Das nächste Mal ..."

„Das nächste Mal?" Ranulph war außer sich. „Für Euch wird es bestimmt kein nächstes Mal geben! Seht zu, dass Ihr hier wegkommt, ehe ich mich vergesse und meine Reitpeitsche auf Eure hässliche pockenvernarbte Haut niedersausen lasse! Hinfort mit Euch!"

Ein Klatschen, gefolgt von einem gellenden Schrei zerschnitt die Luft, und Wulfric taumelte aus dem Unterholz. Mit einer Hand hielt er sich die blutende Lippe. Er sah sich vorsichtig um, überquerte den Weg und verschwand im Wald.

Es raschelte im Gebüsch. Ranulph kam!

Ich brachte mich so schnell wie möglich in Sicherheit – in

Faladas Stall. Doch das war genau das Falsche. Nur wenige Minuten später stürmte Ranulph in die Stallungen und verlangte nach seinem Pferd. Sein Gesicht war rot vor Zorn.

Alarmiert rissen die Tiere den Kopf hoch. Der ganze Stall hallte nur so wider vor klirrenden Führketten und stampfenden Hufen. Am Ende des Stalls legte Draco nervös die Ohren an.

„Los Junge, sattle mein Pferd!, knurrte Ranulph.

Ich schoss in die Sattelkammer und kam mit dem verzierten Zaumzeug und dem Ledersattel zurück, der, wie ich wusste, Ranulph gehörte. Es war ein ziemlicher Kampf, bis ich Draco aufgezäumt hatte. Als ich ihn auf den Hof hinausführte, fletschte er nervös die Zähne und kaute wie wild auf seiner Trense herum.

Der Hals des Hengstes war schon jetzt mit Angstschweiß bedeckt. Als sein Herr die Zügel übernahm, quietschte er und schlug gefährlich aus.

„Bestie“, knurrte Ranulph. Er wollte aufsitzen, zögerte jedoch noch einen Moment.

„Hast du mein Mündel irgendwo gesehen, Bursche?“, fragte er scharf.

„Master Piers ist mit Mistress Emma zum Haus hinüber gegangen, Sir“, sagte ich. „Ihm ist unterwegs etwas zugestoßen. Er musste verarztet werden.“

„Aha.“ Ranulphs schwarze Augen verengten sich zu schmalen Schlitzen. „Ein Schluck Brandy sollte ihn wieder auf Vordermann bringen. Halte das Pferd fest.“ Er warf mir die Zügel zu und lief zum Haus hinüber. Gleich darauf war er wieder zurück, einen lederüberzogenen Flachmann in der Hand. Er reichte ihn mir und sein Mund verzog sich zu einem schiefen Lächeln. „Hier, Bursche. Sobald mein Neffe zurück ist, richte ihm von mir aus, dass das am besten hilft. Brandy aus meinem eigenen Keller. Einen besseren gibt es nicht.“

Er saß auf, gab Draco die Sporen und ließ den Hengst aus dem Hof galoppieren, während ich dastand und den Gegen-

stand in meiner Hand musterte. Es war ein ganz normaler Flachmann, so wie ihn damals jeder Reisende an seinem Gürtel befestigt hatte, um sich unterwegs zu erfrischen. Er war mit keinerlei Emblem versehen und sah völlig harmlos aus.

„Man kann gar nicht vorsichtig genug sein heutzutage. Man hatte ihn vergiftet, wisst Ihr." Emma Myttons Warnung schoss mir durch den Kopf.

Vorsichtig entkorkte ich den Flachmann und roch an seinem Inhalt. Der Duft nach gutem, starken französischen Brandy stieg mir in die Nase. Unsicher, ob irgendetwas anderes beigemischt war, wollte ich keinerlei Risiko eingehen. Ich ging mit dem Flachmann auf die Stallrückseite und kippte seinen Inhalt ins Gras. Dann ging ich hinunter zum Glegg und spülte ihn sorgfältig aus.

Als ich zu der Stelle zurückkehrte, war im Gras nur noch ein blasser brauner Fleck zu erkennen.

Wütend und missmutig schleuderte ich den Flachmann von mir. Ich dachte an Ranulph, der kaltblütig plante, seinen Neffen zu ermorden, und der nicht einmal davor zurückschreckte, sich meiner dafür zu bedienen. Ein hinterhältiger, verachtenswerter Charakter. Und es war wohl nur eine Frage der Zeit, bis er es noch einmal versuchen würde.

In der Ferne bellte ein Hund, und der klare Frühlingshimmel begann sich zu verdüstern. Der Hof und die Gebäude begannen immer mehr zu verschwimmen, bis sie schließlich völlig verschwunden waren. Langsam schleppte ich mich in der Dämmerung über die Felder. Im Gras um mich herum hoppelten Kaninchen, zwischen denen Scamp wie verrückt herumraste und wild bellte.

„Scamp! Hierher, mein Junge!"

Erschrocken und noch ganz zittrig von meiner Begegnung mit Ranulph, nahm ich Scamp ungeduldig an die Leine und machte mich auf den Heimweg. Mir ging es hundeelend. Die neuesten Entwicklungen gefielen mir ganz und gar nicht. Ich wollte mit alledem nichts zu tun haben. Schließlich hatte ich nicht darum gebeten, auf Zeitreise zu gehen. Ich war da einfach so mit hineingezogen worden. Und so sehr ich auch darüber nachgrübelte, ich hatte keinerlei logische Erklärung dafür. Jetzt wurde mir das alles zu viel, in beiden Welten gab es nichts als Probleme, die eine war voller Gefahren und Intrigen und die andere voller Unsicherheit und Enttäuschung. Auch die Ponys spürten das, ganz besonders Minstrel.

Seit ich hier war, hatte ich sie nicht ein einziges Mal mit wirklichem Vergnügen geritten. Sie war furchtbar launisch, und ich zweifelte schon daran, ob ich überhaupt noch mit ihr fertig werden würde. Ich, Emma Blake, die einst als Profireiterin hatte Karriere machen wollen.

Im Hof stieg Bill gerade auf sein Rad, um nach Hause zu fahren, während Holly bei den neuen Stallungen mit Eimern voll Heu die Runde machte.

„Emma“, rief sie. „Deine Mutter sucht dich. Nick hat angerufen, er wollte sich mit dir wegen Samstag absprechen.“

Natürlich. Am Freitag war der letzte Schultag, und Nick würde ganze vier Wochen lang bleiben. Wenn mich irgendwer hier herausholen konnte, dann Nick.

Kapitel 8

„Wir werden Folgendes unternehmen“, sagte Nick. „Wir werden in der Stadtbücherei und in den Kirchenregistern Nachforschungen anstellen, und wir werden auf dem Friedhof nach Namen suchen. Es ist erstaunlich, was es auf alten Grabsteinen so alles zu entdecken gibt. Wenn diese Lupus' jemals existiert haben, dann wird sich das auch irgendwie belegen lassen.“

„Was soll das denn heißen: ‚wenn‘?“, fragte ich beleidigt. „Natürlich haben sie existiert. Die sind genauso aus Fleisch und Blut wie du und ich. Ich habe mit ihnen gesprochen, genau so wie ich jetzt mit dir spreche.“

„Völlig aufgebracht, willst du das damit sagen?“ Seine Augen funkelten. Widerwillig verzog ich meinen Mund zu einem leichten Lächeln.

„So gefällst du mir schon viel besser“, sagte Nick. „Du bekommst noch Falten, wenn du so grimmig dreinschaust.“

Wir waren im alten Stallgebäude. Eine Box war für Bryn vorbereitet worden, der seinen braunen Kopf herausstreckte und uns friedlich ansah. Er war ein stämmiger Welsh Cob mit einem edlen Kopf und freundlichen Augen.

„Ihn scheint das hier alles nicht zu beunruhigen“, sagte ich. „Ganz anders als Minstrel. Sie hat ihre Box von Anfang an nicht ausstehen können.“

„Bryn bringt so schnell nichts aus der Ruhe.“ Nick blickte sich neugierig um. „Jetzt weiß ich, was du mit dem Taubenschlag gemeint hast. Er muss viel älter sein als das Haus.“

„Dad sagt, dass man früher eine königliche Charta brauchte, um einen Taubenschlag errichten zu dürfen. Ich weiß nicht, was es mit dem hier auf sich hat."

„Das heißt, du hast Piers Lupus nie danach gefragt?", sagte Nick leicht neckend.

„Nein, aber das nächste Mal bestimmt."

„Hmhm, dann tu das."

„Du glaubst mir nicht, stimmt's? Du denkst, ich hab das alles bloß geträumt. Dasselbe habe ich anfangs auch gedacht."

Nick sah mich misstrauisch an. „Nun ja, es gibt da gewisse Schwierigkeiten. Zunächst einmal die Sprachbarriere. Im 12. Jahrhundert sprach man nicht so wie heute."

„Ich weiß. Die Laute sind kehliger. Aber ich kann alles verstehen, was gesprochen wird und mich selbst kann ich auch verständlich machen."

„Gut. Du sagst, da gibt es ein Dorf? Ist das Maybury?"

„Nein. Es sieht völlig anders aus, einfach nur ein paar Holzhütten auf einer grünen Wiese. Es gibt eine neue Kirche mit einem separaten Glockenturm, und ein Herrenhaus. Piers hat mir gesagt, wie es heißt ..." Ich runzelte die Stirn und versuchte mich zu erinnern. „Ich hab den Namen vergessen", sagte ich kläglich und fühlte mich plötzlich sehr mutlos.

„Du und dein Gedächtnis", grinste Nick fröhlich. Er legte den Arm um meine Schultern. „Lass uns den Taubenschlag näher ansehen, in Ordnung?"

Die stabile niedrige Tür des Taubenschlags lag direkt gegenüber vom Hofeingang. Nick berührte die Türangeln und untersuchte seine Finger. „Öl. Ganz frisch sogar."

Die Tür schwang auf. Nick war groß und musste den Kopf einziehen, um hineinzugelangen. Innen war der Taubenschlag vollkommen leer. Man hatte den unebenen Boden sauber gefegt, die kaputten Nester entfernt und die Wände abgespritzt. Das alte Gemäuer verströmte einen modrigen, friedhofsartigen Geruch.

„Mit Vögeln wäre er schöner", sagte ich und fühlte, wie ich eine Gänsehaut bekam.

„Ja, das stimmt. Toll, wie sie die Rundung hinbekommen haben. All diese Ziegel, die exakt ineinander greifen. Das sieht richtig hübsch aus."

„Dasselbe sagt Christopher auch."

„Scheint mir ein netter Kerl zu sein. Du glaubst doch nicht etwa, dass er in diese Diebstähle verwickelt ist?"

„Keine Ahnung. Mum informiert sich jedenfalls gerade über eine Alarmanlage. Die guten sind sehr teuer, und Mum und Dad droht gerade das Geld auszugehen."

„Geld ist immer ein leidiges Thema, fürchte ich." Nick ging an der Mauer des Taubenschlags entlang und berührte sie, als würde er so mehr herausbekommen. „Du sagst, das hier ist der einzige Beweis dafür, dass das Grundstück früher schon einmal bewohnt war?"

„Das und die Säule."

„Ach ja, die Säule." Sonnenlicht fiel durch die Luken und erhellte sein Gesicht, über das ein Lächeln huschte.

„Du glaubst doch bestimmt, dass ich mir das auch nur ausgedacht habe, stimmt's?"

„Ich weiß nicht. Irgendwas steckt dahinter. Versuch, dich genau zu erinnern. Hast du den Wolfskopf denn im alten Gleggs Hall entdecken können?"

„N... nein", sagte ich. „An Säulen kann ich mich nicht erinnern."

„Vielleicht wurden sie ja ursprünglich gar nicht für die Treppe angefertigt. Vielleicht gab es nur die eine, und die stand ganz woanders. Derjenige, der das heutige Haus erbaut hat, ist zufällig auf den in Stein gemeißelten Wolfskopf gestoßen und wollte ihn zum Blickfang machen."

„Und hat dann eine zweite Säule anfertigen lassen, die dazu passt, meinst du? Ja, das würde auch erklären, warum sie so unterschiedlich aussehen."

„Aber warum ein Wolfskopf frage ich mich?"

„Lupus heißt Wolf. Es ist ein weißer Wolf. Und das kommt ja auch noch dazu: Er ist ein böses Omen. Ich hab ihn gehört, ein schluchzendes Heulen. Nick, was sollen wir bloß tun, wenn das Haus verflucht ist?“ Nick sah mich einigermaßen befremdet an. „Ich hab ihn gehört!“, sagte ich mit Nachdruck. „Dieser Wolfskopf erwacht zum Leben. Er beobachtet mich. Und er ängstigt Natalie zu Tode.“ Ich fröstelte wieder. „Es ist kalt hier drin. Lass uns gehen.“

Als ich Nick jedoch die Münze zeigte, änderte er seine Meinung. „Piers hat sie mir gegeben. Ich habe sie in der Schulbibliothek nachgeschlagen. Das Hochzeitsdatum, das mir Piers genannt hat, stimmt mit dem auf der Münze überein.“

1146. Er dreht die Münze in der Hand hin und her und sah sie sich genau an. „Em, vielleicht solltest du diese ... hm, diese Besuche lieber unterlassen.“

„Was soll das heißen, sie unterlassen? Wie soll das gehen? Ich beschwöre sie schließlich nicht herauf, weißt du. Ich steig nicht aufs Pferd und reite dorthin! Das passiert einfach irgendwie. Ich bin nicht ...“

„In Ordnung. Gut. Hör zu, wir machen einfach mit unseren Nachforschungen weiter. Erst die Dörfer. Wir könnten mit den Pferden hinreiten. Das macht Spaß.“

Ich nickte. „Ja, und ob.“

„Und noch etwas. Wir gehen zu dem Turnier. Natalie und Richard wollen hingehen. Sie könnten ein bisschen Verstärkung gebrauchen.“

Das Turnier fand am selben Ort statt wie die Jagd. Ein Teil der Wiese war durch Seile abgetrennt worden – für jede Gruppe ein Kreis. Auch für Parkplätze war gesorgt. Als wir ankamen, wir waren zu Fuß gegangen, war die Veranstaltung bereits in vollem Gange. Nick zeigte höfliches Interesse, Natalie und Richard waren aufgeregt, nur ich selbst blieb völlig unbeteiligt. Was hatte dieser Besuch für einen Sinn, wenn ich dem Verein sowieso nicht beitreten wollte?

Nick lief schnurstracks auf Hillary Anderson zu und stellte sich vor.

„Schön, dass ihr gekommen seid“, sagte sie zu uns, nachdem sie Nick mit großem Interesse über Bryn ausgefragt hatte. „Bleibt doch und lernt alle kennen. Wir könnten ein wenig Verstärkung gebrauchen.“

Bei den Absperrungen winkte eine füllige Frau mit ihrem Notizbrett zu uns herüber. „Ich werde gebraucht“, sagte Mrs. Anderson und eilte fort. Richard ging dorthin, wo einige Mitglieder an Hindernissen trainierten. Das dunkelhaarige Mädchen auf dem Braunen und der Junge mit dem Falben, die wir bereits bei der Jagd gesehen hatten, warteten, bis sie an der Reihe waren. Beide grüßten uns mit einem Kopfnicken.

Richard lief zu dem Jungen hinüber und begann gleich ein Gespräch mit ihm. Wir sahen dem Springen eine Weile zu. All das erinnerte mich schmerzlich an Danny und den Reitverein, wo wir auf ziemlich hohem Niveau trainiert hatten.

„Ich seh mir die anderen Gruppen an“, sagte ich schließlich.

„Ich auch“, entgegnete Natalie. „Da hinten gibt es eine Show. Meinst du, Wren würde sich für so etwas eignen?“

„Einen Versuch wäre es auf jeden Fall wert“, sagte Nick zu ihr. „Wren ist gut in Form. Sprich doch mal mit der Bezirksverwalterin, die haben auch Zuchtsponys bei sich auf dem Hof, die sie auf Shows vorstellen. Sie wird dir alles sagen, was du wissen musst.“

Der Vorführring war nicht der einzige Bereich, für den Mrs. Anderson zuständig war. Ich sah zu, wie die Kleinen ihr Bestes gaben und die störrischen kleinen Ponys anfeuerten, als sie neben mir auftauchte.

„Typisch!“, sagte Mrs. Anderson und lächelte zu den atemlosen, rotwangigen Kinder hinüber. „Da sind einige viel versprechende Reiter dabei. Siehst du den Jungen dort auf dem Shetlandpony? Der geborene Jockey. Schade, dass er kein besseres Pferd hat.“

„Ich habe auch einmal auf einem Shetlandpony angefangen“, sagte ich. „Eigentlich genau wie die da.“

„Das passt.“ Sie musterte mich neugierig. „Dein Freund hat

mir erzählt, dass du Turniere geritten bist. Du seist sogar ziemlich gut gewesen. Wir haben hier eine starke Mannschaft, falls du Interesse hast."

Ich sagte ihr, ich würde darüber nachdenken und erkundigte mich nach den Showponys.

„Die halten uns ganz schön auf Trab", sagte sie fröhlich. „Bald ist Fohlenzeit, und Ewen bereitet die neuen Tiere für die Saison vor – das heißt, wenn er neben seinen Operationen und Bereitschaftsdiensten noch Zeit dazu findet. Im Frühling hat ein Tierarzt immer alle Hände voll zu tun."

„Mum hat gesagt, dass er sich wirklich hervorragend mit Pferden auskennt."

Sie lächelte. „Ich werd's ihm ausrichten, das wird ihn sehr freuen. Komm doch mal vorbei und besuch uns. Die anderen kannst du gerne mitbringen."

„Danke. Da hinten ist Natalie. Sie interessiert sich für die Showponys."

„Die Hughes, die euren Hof vorher bewohnt haben, hatten auch Showpony – Fellponys. Eine sonst sehr robuste Rasse, aber ihre waren irgendwie übersensibel. Ewen hat sich schon gefragt, ob sie zu viel Kraftfutter bekommen haben, aber das kann ich mir nicht vorstellen. Jan Hughes war schließlich kein Neuling auf diesem Gebiet."

Mich schauderte. „Die Ponys sind dauernd ausgebrochen, stimmt's? So wie unsere damals."

„Und wie! Am schlimmsten war es, als sie ins Weizenfeld eingefallen sind und alles kahlgefressen haben. Danach hatten alle Ponys eine Kolik. Ewen war die ganze Nacht über bei ihnen und hat sie behandelt. Das hat den Hughes den Rest gegeben. Sie konnten gar nicht schnell genug vom Hof wegkommen. Ich sehe sie öfter auf Shows. Jetzt geht es den Ponys wieder gut. Komisch, nicht wahr?"

„Hmm." Ich fröstelte nur noch mehr. Also mussten die Ponys der Hughes auch etwas gespürt haben.

Ich ging Nick suchen. Als ich sah, dass er sich blendend mit dem Mädchen auf dem Braunen unterhielt, war meine Laune endgültig im Keller.

„Äh, hallo Emma, das ist Claire Webster auf Pollyanna. Claire, ich glaube, ihr habt euch schon einmal getroffen."

„Stimmt", sagte Claire. „Wir hatten damals nur keine Zeit, uns richtig vorzustellen. Hallo, Emma."

„Hallo", sagte ich und musterte die dunkle Stute scharf. Polyanna war schlank und glamourös, genauso wie ihre Reiterin. Als ob es nicht genügt hätte, dass sie die beste Reiterin der Gruppe war, war sie ungerechterweise auch noch unglaublich attraktiv. Sie sah, dass musste ich zugeben, einfach großartig aus mit ihren cremefarbenen Reithosen, dem brauen Jacket und ihrem dunklen, glänzenden Haar. Sie war das bestaussehende Mädchen auf dem ganzen Platz. Und so wie Nick sie die ganze Zeit ansah, fand er das wohl auch.

Fairerweise muss ich jedoch sagen, dass Claire mich sofort in das Gespräch mit einbezog. „Überlegst du bei uns mitzumachen?", fragte sie.

Ich zuckte die Achseln. „Vielleicht. Ich habe mich bis jetzt noch nicht entschieden."

„Du hast eine schöne Stute", sagte sie. „Ich liebe Araber. Die sehen so was von cool aus."

„Minstrel ist kein reinrassiger Araber", korrigierte ich sie. „Nur zu einem Dreiviertel – auch wenn sie so aussieht", beeilte ich mich hinzuzufügen, denn Nick starrte mich an, als seien mir plötzlich Hörner und ein Ringelschwanz gewachsen.

Ein peinliches Schweigen machte sich breit, als mich Claire mit ihren torfbraunen Augen verwirrt ansah. „Warte nur, bis du Bryn siehst", sprang Nick ein. „Neben Pollyanna und Minstrel ist er ein echter Kutschengaul!"

„Das stimmt doch gar nicht", sagte ich einlenkend. „Bryn ist ganz großartig."

„Ich weiß", entgegnete Nick und seine Augen funkelten.

Claire begann zu kichern und der peinliche Moment war vorüber. „Die Bezirksverwalterin züchtet Welsh Cobs bei sich auf dem Hof", gluckste sie. „Lass sie bloß nicht hören, dass du sie als Kutschengäule bezeichnest. Da rastet sie aus."

„Ich werd mich bemühen", sagte Nick.

Jetzt wurde Claire auf die Reitbahn gerufen. Wir sahen zu, wie sie mühelos eine fehlerfreie Runde auf Pollyanna hinlegte und entfernten uns dann, um an der Gartenmauer unsere mitgebrachten Brote zu verzehren.

Ich mied das heikle Thema Claire Webster, gab Nick seine belegten Brote und begann zu erzählen, was ich von Mrs. Anderson erfahren hatte.

„Die Ponys der Hughes sind auch völlig ausgerastet. Das muss an Gleggs Hall liegen. In der Vergangenheit ist etwas Schlimmes passiert, und die Ponys spüren das."

„Wenn dem so wäre, warum reagieren die anderen Tiere dann nicht darauf? Oder sagen wir lieber: die Patienten, wie Holly sie nennt", sagte Nick.

„Weil sich ihre Stallungen nicht auf demselben Grundstück befinden. Dort, wo jetzt der neue Hof und die Reitschule sind, war früher nur Weideland ... glaube ich zumindest."

Ich runzelte die Stirn und versuchte mir das frühere Haus wieder ins Gedächtnis zu rufen. Gar nicht so einfach. Alles war so anders, damals.

„Irgendetwas Furchtbares hat sich dort zugetragen. Es hat mit Piers zu tun. Er schwebt in großer Gefahr."

„Reiß dich zusammen, Em. Das alles hat sich vor langer, langer Zeit zugetragen. Egal, was passiert ist oder was du dir ausmalst, das passiert sein könnte – es ist vorbei."

„Nein, eben nicht!", rief ich. „Verstehst du denn nicht? Etwas Ähnliches geschieht auch bei uns. Zwei Emmas. Minstrel verletzt sich am Huf, dasselbe gilt für Falada. Ranulph und seine Unterschlagungen, die Diebstähle bei uns zu Hause ... ich könnte noch viel mehr aufzählen."

„Du meinst, da gibt es Parallelen."

„Ja. Denk doch mal nach. Mum und Dad versuchen hier etwas aufzubauen, genau wie Piers und Emma – zumindest hatten sie das vor. Alles war so heruntergekommen und vernachlässigt, bevor Emma Mytton kam – die Ställe befanden sich in einem schrecklichen Zustand! Ranulph interessierte sich einfach nicht für Gleggs Hall oder für die Pferde. Doch dann taucht Emma Mytton mit ihrer Mitgift auf, Silber und Pferde. Plötzlich ist er eifersüchtig auf Piers und will ihn mit allen Mitteln aus dem Weg räumen."

„Hilfe." Nick zog eine Grimasse. „Sag bloß nicht, man will mich jetzt auch schon um die Ecke bringen?"

„Natürlich nicht. Das geht doch gar nicht. Wir sind schließlich nicht mit ihnen identisch. Jetzt sei doch mal ernst, Nick."

Er bemühte sich nach Kräften, zerknirscht auszusehen. „Entschuldige."

„Wie dem auch sei, Emma Mytton fängt an, alles in Schuss zu bringen. Ranulph sieht seine Chance und will sich das Geschäft und Emma unter den Nagel reißen. Die heutige Situation ist zwar etwas anders gelagert, aber auch da gibt es eindeutige Parallelen."

Darauf erwiderte Nick: „Du willst also damit sagen, dass jemand hinter dem Geschäft deiner Eltern her ist und ihnen deshalb das Leben schwer macht. Kleinere Diebstähle, die den Eindruck erwecken sollen, dass der Betrieb schlampig geführt wird. Wer könnte denn daran Interesse haben?"

„Weiß ich nicht. Vielleicht täusche ich mich. Vielleicht lastet einfach nur ein Fluch auf Gleggs Hall. Du weißt schon, vielleicht ist das hier so ein Ort, wo nie irgendetwas klappt, egal, wie sehr sich die Leute bemühen. So etwas gibt es. Ich habe Angst. Irgendwie nahm es mit dem alten Gleggs Hall ein schreckliches Ende."

„Das muss doch noch lange nicht heißen, dass das heute genauso sein wird", wandte Nick ein. „Das Ganze scheint mir ein wenig weit hergeholt, ganz besonders, wenn ich an das Haus selbst denke. Zeitreisen und Gespenster! Bei Gleggs Hall bekomme ich nicht einmal ansatzweise eine Gänsehaut! Das ist ein ganz normaler Bauernhof."

„Dad sagt genau dasselbe. Aber Natalie hat auch so ein komisches Gefühl, genau wie Mum.“ Verzweifelt drückte ich das Brot zwischen meinen Fingern. Warum wollte mir nur niemand glauben?

„Hör zu“, sagte Nick. „Zunächst müssen wir beweisen, dass das alte Gleggs Hall wirklich existiert hat. Lass uns morgen die Dörfer abklappern, wie ich es dir schon neulich vorgeschlagen habe. Ich werde nachher mit Christopher in die Stadt fahren und mir eine Karte der Umgebung hier besorgen. Dann können wir eine richtige Route ausarbeiten.“

Eifrig pflichtete ich ihm bei. „Gut.“

In diesem Moment kam Richard herangestürmt und wollte seine Brote, damit er wieder zu dem Jungen auf dem Falben zurück konnte. „Er heißt David Ross, und jetzt ratet mal: Andy von der Schmiede ist sein Onkel.“

Nick lachte. „Praktisch, was?“

„Daves Pony ist ein halber Haflinger“, plapperte Richard weiter. „Er heißt Pepper. Dave will, dass ich ihn mit Magpie besuchen komme. Sie haben sogar richtige Hindernisse. Bis nachher dann.“

Er griff nach seiner Brotdose und zog ab. Wir hatten gerade aufgegessen, als Natalie auftauchte. Sie strahlte über das ganze Gesicht. Die Bezirksverwalterin hatte sie für den nächsten Tag eingeladen, um sich die Ponys anzusehen.

„Mrs. Anderson holt mich ab und bringt mich danach wieder nach Hause. Mum muss sich also um nichts kümmern.“

„Nimm deine Reitkappe mit, wahrscheinlich wird sie dir anbieten auf einem ihrer Ponys zu reiten“, sagte ich.

„Meinst du?“ Ihre Mundwinkel wanderten noch weiter nach oben. „Das ist ja super!“

Nick nahm sich eine Dose Cola. „Wollen wir noch bis zum Nachmittagsprogramm bleiben, oder habt ihr schon genug und wollt lieber nach Hause?“

Mir war es egal, aber Natalie wollte noch bis zum Ende bleiben. „Richard auch“, fügte sie hinzu.

„Also gut“, sagte Nick. „Wir bleiben.“

Nach der Veranstaltung überredete mich Nick zu einem Ausritt. Wir ritten an Josh Andersons Farm vorbei und galoppierten ein wenig durch den Wald. Abgesehen davon, dass sie vor unsichtbaren Gefahren im Unterholz scheute, betrug sich Minstrel einigermaßen anständig. Wieder zu Hause, striegelte ich sie und kratzte ihr die Hufe aus.

Ich ließ mir die Ereignisse des Tages noch einmal durch den Kopf gehen und war noch weniger auf eine Zeitreise vorbereitet als ist es sonst schon immer gewesen war. Doch dann geschah alles ganz plötzlich. Einen Moment lang sah ich mich noch mit Nick durch die Gegend traben, als ich auch schon bemerkte, dass es nicht Minstrel war, auf der ich ritt. Es war der neue Schimmel, Seagull. Und der junge Mann neben mir war auch nicht mehr Nick Cavendish sondern Piers Lupus. Und der starrte mich ungläubig an. „Mein Oheim will mich vergiften? Pfui, Frauenzimmer, das denkt Ihr Euch doch alles aus.“

„Nein, das tue ich nicht“, sagte ich. „Als ich das Zeug heimlich ausgegossen habe, hat es das Gras versengt. Der Boden hat gezischt, Ehrenwort.“

Piers kicherte nur. „Na und? Ranulph hatte schon immer eine Schwäche für Hochprozentiges!“

„Da war noch etwas anderes drin. Blausäure, oder was Ihr sonst so benutzt, um die Ratten los zu werden.“

„Ah, jetzt bin ich auch schon ein Nagetier“, sagte er, und seine Augen funkelten belustigt. „Vielleicht wachsen mir ja demnächst noch Schnurrhaare und ein langer Schwanz. Und dann lebe ich in einem Bau tief unter der Erde.“

„Da wärt Ihr auf jeden Fall sicherer“, sagte ich mürrisch. Aber sein Humor war ganz schön ansteckend, und ich konnte mir ein Lächeln nicht verkneifen.

„Ihr solltet öfter so fröhlich sein“, sagte Piers, „Sonst wird aus Euch noch einmal ein altes Zankweib, bei so viel Geschmolle und Gerede von Gift.“

Ich schluckte. Wieder so eine Parallele. Hatte Nick nicht etwas ganz Ähnliches zu mir gesagt? Da fiel es mir wieder ein. „Gibt es auf Gleggs Hall vielleicht eine Skulptur, die einen Wolfskopf darstellt?"

„Da drüben, beim Haupteingang im Torbogen", entgegnete Piers. „Ist sie Euch noch nie aufgefallen? Mein Großvater hat sie angefertigt, nachdem er meine Großmutter geheiratet und hierher gebracht hatte. Er war nämlich ein Steinmetz und stammte aus Chester."

„Oh. Hat Euer Großvater das Haus gebaut?"

Er schüttelte den Kopf. „Nein, Gleggs Hall wurde ihm für seine Verdienste um die Krone geschenkt. Fragt mich nicht weswegen, das war alles streng geheim damals. Mein Großvater gab sein Handwerk auf, um für sein Land zu kämpfen. Vielleicht machte man ihm die Schenkung ja wegen seiner großen Tapferkeit."

„Die Schilder an den Wänden ..."

„... gehörten ihm, jawohl. Er musste die Krone um Erlaubnis bitten, um den Wolfskopf darauf abbilden zu dürfen. Das wurde ihm gewährt, genauso wie der Taubenschlag. Der Taubenschlag war die helle Freude meiner Mutter. Die normalen Vögel kamen auf den Tisch, aber die weißen waren ihr größtes Glück. Sie vermischen sich nicht, wisst Ihr. Keine Rasse kreuzt sich mit der anderen. Hoffentlich wird es stets weiße Tauben auf Gleggs Hall geben."

Ich dachte an den verlassenen, leeren Taubenschlag und biss mir auf die Lippen.

„Der weiße Wolf ist ein anderes Thema", fuhr er stirnrunzelnd fort. „Meine Emma sagt, er verfolge sie bis in ihre Träume – kein besonders gutes Omen! Heute bleibt sie im Haus und bestickt ihr Hochzeitskleid. Wie gut, dass Ihr hier seid, um mir beim Bewegen der Pferde zu helfen."

Sein Blick war warm und ich wurde rot. Ich hielt Seagull im Zaum, der langsam traben wollte, und brachte das Gespräch wieder auf das alte Gleggs Hall. „War es Euer Großvater, der mit dem Pferdehandel angefangen hat?"

„Nein, das war mein Vater. Vater war ganz anders als Ranulph. Die Pferde waren sein ein und alles.“ Wir näherten uns der Kirche und die Glocke läutete zum Vespergottesdienst. „Ich möchte mit Vater Clement sprechen, bevor er die Messe liest“, sagte Piers. „Bringt die Pferde zurück nach Hause, Emma. Ich werde allein heimkehren.“

Mir blieb das Herz stehen. Zum ersten Mal, seitdem wir uns begegnet waren, hatte er mich bei meinem Namen genannt und nicht „Frauenzimmer“ wie sonst!

Piers stieg ab, warf mir Jets Zügel zu und ging zur Kirche hinüber. Ich saß schwungvoll ab und lief mit beiden Pferden die Straße entlang, als ich merkte, dass sich das Dröhnen der Kirchenglocke in meinen Ohren verzerrte.

Die Zeit raste, aber ich wollte nicht zurück, nicht jetzt! Ich stapfte weiter, fest entschlossen, in der Vergangenheit zu bleiben, aber der Boden unter meinen Füßen war keine holprige Dorfstraße mehr, und das Dröhnen der zur Messe rufenden Glocke war verklungen.

Dafür war das Geräusch einer Tür, die aufgerissen wurde, umso realer. Ich war in einer Ecke zusammengesackt und bemerkte, wie Nick die freie Box betrat.

Er stürzte sofort an meine Seite. „Em, was hast du? Was ist passiert?“

„Piers wollte einfach nicht auf mich hören“, sagte ich mit erstickter Stimme. „Er wird sterben, und ich kann ihn nicht retten. Ich kann es einfach nicht!“

„Oh, Em, du bist ganz verschlafen! Du musst geträumt haben. Na ja, ich kann mir angenehmere Orte zum Eindösen vorstellen!“

Sein Tonfall war neckend und er sah mich liebevoll an. Aber diesmal konnte ich Nicks Späße ganz und gar nicht vertragen

„Nein“, sagte ich. „Nein, das war kein Traum. Ich war da. Ich weiß jetzt, woher die Säule stammt. Sie wurde für das Tor angefertigt. Hast du eine Karte bekommen?“

„Ja. Eine sehr genaue. Sie ist toll.“

„Gut. Morgen werde ich dir beweisen, dass ich mir das nicht alles einfach ausgedacht habe."

In dieser Nacht geschah etwas Merkwürdiges.

Es war Mitternacht, und der abnehmende Mond spendete ein schwaches Licht. Ein minutenlanges durchdringendes Heulen zerriss die Stille und ließ die Schlafenden aus ihren Träumen hochfahren.

Alle wurden wach. Scamps Gebell hätte Tote erwecken können und wurde nur von Natalie übertönt, die einen gellenden Schrei ausstieß. Ich hörte das eilige Trappeln von Füßen auf dem Treppenabsatz und dann stürzte sie in mein Zimmer.

„Em! Der Wolf! Das ist der Wolf! Hör doch nur!"

Zitternd schmiegten wir uns aneinander. Wir rangen nach Luft und lauschten auf alles, was neben Scamps hysterischem Japsen noch bis zu uns durchdrang. Doch das Geheul war verstummt.

Oben waren alle Lichter angegangen. Scamp sprang vom Bett und rannte zur Tür, als Mum, Dad, Richard und Nick ins Zimmer stürmten. Natalie warf sich schluchzend in Mums Arme. „Mum! Der Wolf! Ich hasse das Haus! Ich will, dass wir hier wegziehen!"

„Da ist kein Wolf, Liebling", sagte Mum beruhigend und drückte sie fest an sich.

„Da war etwas", murmelte Richard. „Hoffentlich ist Magpie nichts passiert. Mann, was für ein Spektakel!"

Dad war ihm einen warnenden Blick zu.

„Hat das sonst noch jemand gehört?", sprach Mum über den zerzausten Blondschopf meiner Schwester hinweg. Alle bis auf Dad nickten.

„Das war der Collie von den Andersons", sagte Dad mit beruhigender Stimme.

Natalie hob ihr tränenüberströmtes Gesicht. „Ein Hund?"

„Nur ein Hund", wiederholte Dad und strich ihr mit einem Finger sanft über die Wange. Er nickte mir beruhigend zu. „Ich seh mal nach, ob mit den Ponys alles in Ordnung ist. Jetzt aber zurück ins Bett, okay?“

Natalie riss ängstlich die Augen auf. „Ich rühr mich hier nicht vom Fleck. Ich bleib bei Em. Das geht doch in Ordnung, oder?“

„Natürlich“, sagte ich und schüttelte die Kissen auf. „Los, rein mit dir.“

Einer nach dem anderen verließ den Raum. Nick war der Letzte, der ging. Unsere Blicke trafen sich. Er hob fragend die Hände und zog dann leise die Tür hinter sich zu.

Es war früh am Morgen und die Sonne war noch nicht aufgegangen. Die Wege waren schattig und kühl. In den Zweigen der Bäume über mir zwitscherten die Vögel. Ich hatte darauf bestanden hinter dem Tor links abzubiegen, so wie Piers es immer tat.

„Also links“, sagte Nick.

Wir legten ein flottes Tempo vor, Bryn gelassen wie immer und Minstrel nervös wie eh und je. Nick hatte eine Karte in der Tasche, auf der wir unsere Route rot markiert hatten. Unterwegs erzählte ich Nick, was sich während meiner letzten Zeitreise zugetragen hatte. Er hörte mir aufmerksam zu, während ich von steinernen Häusern und wolfskopfgekrönten Torbögen erzählte. Hauptsache, wir kamen nicht auf den Vorfall zu sprechen, der sich in der Nacht ereignet hatte.

„Dann haben wir ja Hinweise genug“, bemerkte Nick, als ich geendet hatte. Er nahm die Zügel auf und sagte: „Lass uns loslegen, einverstanden?“

Als Nächstes hielten wir an der Kirche von Maybury. Wir studierten die Inschriften auf den moosbewachsenen alten Grabsteinen und suchten nach dem Namen Lupus.

„Die sind alle nicht alt genug“, sagte Nick. „Der hier ist von vierzehnhundertirgendwas. Gibt es eine Krypta unter der Kirche? Das muss das Pfarrhaus sein. Lass uns nach dem Schlüssel fragen und nachsehen.“

Eine belustigt wirkende Pfarrersfrau gab uns den alten eisernen Schlüssel. Es kam schließlich nicht alle Tage vor, dass jemand zu Pferd vorbeischaute und die Kirche besichtigen wollte. Den Namen Lupus, sagte sie uns, habe sie jedoch noch nie zuvor gehört.

Im Inneren der Kirche war es kalt. Es roch nach Moder und abgebrannten Kerzen. Die Messingschilder auf dem Boden trugen viele bekannte Familiennamen. Garson, Anderson, Ross. „Kein Lupus“, sagte Nick. „Da macht es wohl wenig Sinn, sich Tauf- oder Sterberegister anzusehen. Diese Kirche ist einfach nicht alt genug. Hier reicht gar nichts bis ins zwölfte Jahrhundert zurück. Lass uns gehen.“

So trabten wir weiter zum nächsten Dorf und Minstrel beruhigte sich langsam. Wieder durchforsteten wir die alte Kirche und den Friedhof. Wieder stellten wir Nachforschungen an.

Wieder nur Fehlanzeige.

Den ganzen Vormittag ritten wir kreuz und quer übers Land und hielten hier und da an, um nach Hinweisen Ausschau zu halten. Gegen Mittag hatten wir uns hoffnungslos verirrt. Nick schlug vor, den Weg in Richtung Hügel einzuschlagen. Dort würden wir einen besseren Überblick bekommen.

Wir ritten schweigend einen eng gewundenen Weg hinauf. Es war warm und sehr ruhig, nur das Hufeklappern und das Blöken von Schafen war zu hören. Ich dachte an den sanft geschwungenen Waldsaum inmitten der Hügellandschaft und an einen Weg, der an einen Bach führte.

Ich konnte alles beinahe vor mir sehen: das alte Haus, die weit verstreut liegenden Höfe und Nebengebäude und einen Reisenden, der eine Herde zottiger Ponys die zerfurchte Straße entlangführt. Sogar das leise Zwitschern der Vögel und das regelmäßige Klappern der Hufe auf dem Weg glaubte ich vernehmen zu können.

Doch dann tauchte ein Lastwagen hinter uns auf und hupte ungeduldig. Minstrel scheute, und ich hatte alle Hände voll zu tun, sie an den Straßenrand zu bringen, um den Wagen vorbei zu lassen.

Endlich in den Hügeln, schlugen die Hufe dumpf auf den von Schafen abgeweideten Torf. In der Hoffnung, etwas Bekanntes zu entdecken, blickte ich mich um. Da gab es einen alten Steinkreis, der zu Lupus Zeiten sicherlich schon dagewesen war, aber an den ich mich nicht erinnern konnte. Nick zeigte auf einen mit Torf bedeckten Grabhügel. Doch auch der kam mir nicht bekannt vor. Wir zügelten die Pferde und blickten in das Tal zu unseren Füßen hinunter.

„Und?“, fragte Nick.

„Und was?“

„Na ja, erkennst du irgendwas wieder?“

Ich schwieg, und nach einer Weile sagte Nick zu mir: „Du erinnerst dich an rein gar nichts, stimmt's? Du siehst das hier heute zum ersten Mal.“

„Alles ist so anders“, erwiderte ich und schluckte. „Die ganzen eingezäunten Felder und so. So war das früher nicht.“

Nick schwieg. Er nahm die Karte heraus, studierte sie und deutete auf einen Punkt. „Hier liegt Maybury. Du kannst den Kirchturm über die Bäume ragen sehen. Demnach muss es hier ganz in der Nähe eine alte Straße geben. Komm mit.“

Wir fanden den Weg und folgten ihm bergab. Bryn und Minstrel kamen auf dem steinigen Abhang ein wenig ins Rutschen, während uns die Sonne warm auf den Rücken schien.

Ein Gefühl von Glück stieg in mir hoch, und ich wünschte mir, dieser Moment würde nie vorübergehen. Ich hätte eine Ewigkeit neben Nick in der Sonne herreiten können, unsere Pferde harmonisch nebeneinander und wir vier glücklich und zufrieden, zusammen zu sein.

Doch dann sagte Nick: „Weißt du Em, ich glaube es wäre besser, einen Schlussstrich unter diese ... diese Lupus-Sache zu ziehen.“ Und mit einem Mal war mein eben noch so tief empfundenes Glücksgefühl verschwunden.

„Was soll das heißen, diese Lupus-Sache?“, fauchte ich ihn

an. „Ich hab's dir schon mal gesagt, dass ich mir das nicht einfach ausgedacht habe. Das passiert wirklich."

„Reine Einbildung, Emma. Es kann keine andere Erklärung dafür geben. Wir haben jetzt schon ein ziemlich großes Gebiet abgesucht – und was haben wir gefunden: Nichts! Wir sollten es bleiben lassen."

„Ach so? Vielleicht ist das Dorf aus irgendeinem Grund vom Erdboden verschwunden. Damals herrschte die Pest, vergiss das nicht. Die Hälfte der Bevölkerung wurde damals vom Schwarzen Tod dahingerafft."

„Selbst wenn. Hätte es hier in der Nähe eine Familie mit dem Namen Lupus gegeben, müsste sich das auch heute noch nachvollziehen lassen. Aber es gibt keinerlei Hinweis darauf."

„Und was ist mit gestern Nacht?"

Er hob die Brauen. „Dass Nat wegen des Hunds der Andersons einen hysterischen Anfall bekommen hat, meinst du das etwa?"

„Josh Anderson hat gar keinen Hund. Das hat Dad bloß so gesagt, um Natalie zu beruhigen. Sie hätte sich sonst nur unnötig aufgeregt."

„Das war nicht zu übersehen. Arme Nat. Dann war es halt irgendein anderer Hund."

„Nick", sagte ich verächtlich. „Du hast ihn doch selbst gehört, oder etwa nicht?"

Er nickte. „In Ordnung. Da war etwas. Ich hab kurz mit den anderen gesprochen, als du gesattelt hast. Chris meint, es könnte ein zahmer Wolf gewesen sein, den sich jemand aus dem Moor geholt hat. Holly hält das auch für möglich. Bill kam auch dazu. Er hat überhaupt nichts gehört."

„Bill hört nie etwas. Außerdem wohnt er im Dorf."

„Na und? Er hätte trotzdem was gemerkt ..."

„Jetzt hör schon auf!", fuhr ich ihn an. „Das war der weiße Wolf. Und zwar nicht im Dorf oder im Moor, sondern auf bei uns auf Gleggs Hall. Irgendetwas Schlimmes wird passieren!"

Daraufhin begann Nick zu lachen, was mich erst recht

rasend machte. „Du müsstest dich mal sehen. Ganz finster siehst du aus, wie eine Hexe! Ich kann nur noch einmal wiederholen: Wir konnten bislang keinen Beleg für ein früheres Anwesen finden. So sieht's nun mal aus!"

„Na gut, und wie erklärst du dir dann die Sache mit der Säule?"

„Wir wissen doch gar nicht, ob sie überhaupt so alt ist."

Ich sandte ihm einen bösen Blick. „Aber ich weiß es."

„Du glaubst es zu wissen. Genauso wie damals, als Danny ums Leben kam und du die ganze Zeit so getan hast, als wäre er immer noch da."

„Weil ich ihn gesehen habe, deshalb. Dann kann ich eben hellsehen. Und wenn dem so ist, kann ich es auch nicht ändern. So eine Gabe hat man von Geburt an, wie lockiges Haar oder Plattfüße. Wie dem auch sei, was hat Danny mit der Sache zu tun?"

„Claire hat gesagt ..."

„Claire Webster? Du hast mit ihr darüber gesprochen?" Ich war fassungslos. Wie konnte er nur!

„Komm schon!", sagte Nick. „Ich habe nur Danny erwähnt und was für eine viel versprechende Zukunft euch bevorstand, mehr nicht. Claire hatte großes Verständnis. Ihr ist etwas ganz Ähnliches passiert. Ihr Lieblingspony ... es war ein Unfall – ein Autounfall, um genauer zu sein. Sie hat ihren Eltern gesagt, dass sie nie mehr wieder reiten wolle. Da lieh sich ihr Dad ein Pony und ließ sie aufsitzen. Er ging mit ihr genau an die Stelle zurück, wo der Unfall passiert war und konfrontierte sie mit ihren Ängsten. Da merkte sie, dass sie sich ein Leben ohne Ponys nicht vorstellen konnte – und so beschloss sie, endgültig mit der Vergangenheit abzuschließen."

„Mum und Dad würden mich nie im Leben zu so etwas drängen", sagte ich, „aber Piers ..."

Nick verzog das Gesicht. „Nicht der schon wieder!"

„Ich will dir ja nur was erklären. Piers hat mich dazu gebracht, über einen umgestürzten Baum zu springen."

„Und du bist nur so darüber hinweggeflogen, nehme ich an."

„Ja, genau."

„Wie ich schon sagte, reine Einbildung."

„Das stimmt nicht. Wir sind querfeldein galoppiert und haben Hindernisse überwunden. Keine Hecken oder Zäune. Die gab es nicht. Damals war hier überall nur Wald und Moor. Aber dafür gab es jede Menge natürliche Hindernisse."

„Na toll, dann bist du ja wieder ganz die Alte." Nick sah mich herausfordernd an. „Dann geh doch zu Hillary Anderson und lass dir ein Anmeldeformular für den Club geben."

„Ich werd drüber nachdenken", entgegnete ich.

Wir hatten das Tal erreicht und ritten weiter die Straße entlang, schweigsam, ein jeder hing seinen eigenen Gedanken nach. Ich hatte die Nase voll. Seit wir hierher gezogen waren, war alles nur schief gegangen, und jetzt schien sich auch noch Nick von mir zu entfernen.

Dann hatten wir das Dorf hinter uns gelassen und ritten an weiten Feldern vorbei. Der Weg war schmal und wurde von bemoosten Steinmauern und mit Gras bewachsenen Erdwällen gesäumt. Es war Nick, der ihn als Erstes sah.

„Ist das nicht einer von diesen alten Meilensteinen? Da hinten, an der Mauer. Ich frage mich ..."

Wir gingen nachsehen. Halb vom Erdwall verdeckt, stand dort ein buckliger Stein. Er war dick mit Moos bewachsen. Mit dem Hufkratzer, den er immer bei sich trug, kratzte Nick etwas davon ab und hielt die Luft an. Die Steinoberfläche war mit der Zeit verwittert, aber das Relief darauf zeigte unverkennbar den zähnefletschenden Kopf eines Wolfs. Darunter befand sich ein Pfeil, der in die richtige Richtung zeigte.

„Gleggs Hall!", rief ich triumphierend aus. „Und jetzt sag bloß, dass ich mir das alles nur ausgedacht habe!"

Kapitel 9

Bei unserer Rückkehr sahen wir einen Polizeiwagen im Hof parken.

„Da haben wir's", sagte ich zu Nick. „Es gibt Ärger!"

Hastig stellten wir die Pferde in den Stall und betraten das Haus. Am Küchentisch, einen Becher Kaffee vor sich, saß der Polizeibeamte von Anforth. Er schrieb etwas auf seinen Block und sah kaum auf, als wir den Raum betraten.

Mum begrüßte uns besorgt. „Es ist wieder etwas gestohlen worden. Dad wollte heute mit der Frühjahrsaussaat beginnen – und das ist schon kompliziert genug, da er alles mit seinen Gartenbauaufträgen koordinieren muss. Und dann musste er feststellen, dass das Saatgut gestohlen wurde. Das muss heute Nacht passiert sein. Zwanzig Säcke insgesamt."

„Oh, nein!", stöhnte ich.

Nick sah verwirrt aus. „Die müssen mit dem Auto gekommen sein, um das alles abzutransportieren. Das hätten wir doch hören müssen."

„Ich weiß. Komisch, oder? Selbst Holly hat nichts gehört, und die hätten genau bei ihr vorbeifahren müssen."

„Meinst du, das könnte irgendwas mir der anderen nächtlichen Ruhestörung zu tun haben?", fragte Nick.

Der Beamte sah auf. „Ruhestörung?"

„Ein Hund, der irgendwo geheult hat. So kurz nach Mitternacht. John ist rausgegangen, um nachzusehen, aber da war nichts", sagte Mum.

Der Beamte zog die Nase hoch und legte seinen Block beiseite. „Wie ich schon sagte, Mrs. Blake. Ein Überwachungssystem am Haupttor wäre nicht schlecht. Was den Diebstahl hier nun anbelangt, kommt es natürlich zu spät, aber für die Zukunft sollten Sie so etwas schon überlegen." Er wies mit dem Kopf auf Scamp, der auf uns zu gerannt war, um uns aufgeregt zu begrüßen. „Ganz schön scharf, solche Terrier. Komisch, dass er nicht gebellt hat."

„Scamp war bei mir. Mein Zimmer liegt auf der anderen Seite des Hauses", sagte ich.

„Es würde mehr Sinn machen, ihn hier unten zu lassen", erwiderte der Beamte Wells. „Der wird dann schon Alarm schlagen, wenn noch einmal etwas sein sollte."

„Gut", nickte Mum.

Der Beamte trank seinen Kaffee aus und ging. Plötzlich wirkte die Küche sehr leer.

„Wo sind denn die anderen?", wollte Nick wissen.

„Richard ist immer noch bei David Ross", entgegnete Mum. „Er hat vorhin angerufen, um zu sagen, dass sie den Hindernisparcours umbauen und es noch eine Weile dauert, bevor er wieder zurück ist. Die Angestellten sind mit den Pferden beschäftigt. Natalie ist hier, sie ist völlig euphorisch. Mrs. Anderson hat sie eines der Showponys reiten lassen. Sie hat Natalie gefragt, ob sie auf der Hill Valley Show für sie reiten möchte. Ist das nicht toll?"

„Ja", sagte ich. Ich hatte vollkommen vergessen, dass Natalie den Tag bei den Andersons verbracht hatte.

„Sieht ganz so aus, als würden wir endlich Fuß fassen", lächelte Mum schwach.

„Aber diesen Ärger hier können wir wirklich nicht gebrauchen. Ich möchte bloß mal wissen, wie diese Diebe das geschafft haben?"

„Ein anderer Weg vielleicht?", schlug Nick vor. „Über die Felder, zum Beispiel. Das geht, wenn man nur will."

„Tja, warum hat dann der Beamte bloß nicht daran gedacht?", sagte Mum wütend.

„Hat er wahrscheinlich auch", entgegnete ich. „Das meinte

er damit, als er von einem besseren Überwachungssystem sprach.“

„Wir werden etwas unternehmen müssen. Noch mehr Ausgaben!“ Sie seufzte schwer.

„Was, wenn ich einen behelfsmäßigen Alarm konstruiere?“, bot sich Nick an, der sich mit elektrischen Geräten sehr gut auskannte.

„Würdest du das wirklich tun?“ Mum strahlte. „John ist völlig ungeschickt in solchen Dingen und Christopher genauso.“

„Nichts Großartiges, nur eine Übergangslösung, bis Sie etwas Professionelles einbauen lassen. Ich brauche eine Warnblinkanlage und noch ein paar andere Teile. Wenn Sie wollen, kann ich auch noch zusätzlich einen akustischen Alarm installieren.“

„Das wird wohl das Beste sein. Danke, Nick“, sagte Mum erleichtert. Es wurde schon dunkel, da nahm Dad Nick mit in die Stadt, um das Material für die Alarmanlage zu kaufen. Richard war wieder zu Hause, den Kopf voller Pläne für das Springreiten mit Magpie. Natalie entfusselte ihr dunkelblaues Turnierjackett und jammerte wegen eines kleinen Grasflecks auf ihrer weißen Reithose, der bei der Wäsche einfach nicht rausgehen wollte.

„Bis zur Show dauert es noch vier Wochen“, erklärte ich ihr in gereiztem Ton.

„Ich weiß, aber man muss ja schließlich vorbereitet sein“, entgegnete Natalie. „Mrs. Anderson sagt ...“

„Oh, bitte. Ich hab die Nase voll von dem, was Mrs. Anderson sagt.“

„Du bisst ja bloß neidisch“, erwiderte Natalie.

„Auf was denn? Darauf, mit einem Pony in einem Vorführring herumzutraben? Dass ich nicht lache!“

„Emma!“, ermahnte mich Mum scharf. „Wäre es nicht an der Zeit, Minstrel zu füttern? Die anderen haben ihr Futter schon vor einer halben Ewigkeit bekommen.“

Ich stand auf und schlug die Tür hinter mir zu. Anstatt direkt zum Stall zu gehen, hielt ich an der Tür des Taubenschlags inne und musterte mürrisch die in der Dämmerung daliegende Auffahrt. Gut, ich hätte meine Schwester nicht so anfahren dürfen. Aber warum lief bei den anderen alles so gut, und nur bei mir nicht? Niemand nahm mich ernst. Schaut, da ist Emma. Die weiß nicht einmal, welchen Tag wir heute haben! Sogar Nick zweifelte an dem, was ich ihm erzählt hatte. Kein Wunder, dass er so begeistert von Claire Webster war!

Bei dem bloßen Gedanken daran, wie sie über mich und meine Abneigung gegen das Springen geredet hatten, zog sich alles in mir zusammen. Na ja, sollte sich Nick doch mit Claire zusammentun, versuchte ich mir achselzuckend einzureden. So besonders war Nick nun auch wieder nicht, nicht so wie der junge Mann mit dem sonnengebräunten Gesicht und den blauglitzernden Augen.

„Piers", flüsterte ich, schloss die Augen und wünschte ihn mir sehnsüchtig herbei. Doch als ich sie wieder öffnete, war alles so wie vorher.

Da hörte ich plötzlich ein Geräusch aus Minstrels Box. Eine Art Stöhnen. Im Nu hatte mich die Realität wieder. Ich rannte über das Kopfsteinpflaster und fand meine Stute mit gesenktem Kopf in ihrer Box vor, schwitzend, zitternd und völlig außer sich. Als ich in den Stall platzte, ging sie in die Knie, taumelte ein wenig und ließ sich mit einem Grunzen schwer ins Stroh fallen.

„Minstrel!", keuchte ich. „Mum! Holly! Schnell!"

Niemand hörte mich. In Panik griff ich nach Minstrels Halfter und zog daran. „Steh auf! Los! Steh auf!"

Mit hervorquellenden Augen und triefend vor Schweiß strengte sie sich an, wieder auf die Beine zu kommen. Tapfer suchten ihre Vorderhufe in Stroh und Sägespänen nach Halt, aber die Anstrengung war zu viel für sie. Mit einem dumpfen Geräusch sackte sie erneut im Stroh zusammen.

„Oh – Minstrel!" Ich schrie nach Holly und rannte auf den neuen Hof. Bill hatte Dienst.

„Das klingt mir ganz nach einer Kolik“, sagte er. „Hol sofort deine Mutter.“

Minstrel hatte furchtbare Schmerzen. Ihr ängstliches Stöhnen und ihr panisches Umherrudern klangen mir noch in den Ohren, als ich zurück über den Hof lief und aus Leibeskräften schrie. Diesmal hörten sie mich und kamen aus dem Haus gerannt. Mum warf nur einen einzigen Blick auf Minstrel und sauste los, um Ewan Anderson zu verständigen.

„Mein Fehler!“, schluchzte ich. „Wir sind meilenweit geritten. Das muss sie überanstrengt haben. Das ist alles meine Schuld!“

Mum hatte auch Holly benachrichtigt, und so war die Tierpflegerin mit ihrer selbstsicheren, beruhigenden Art auch zur Stelle. „Natürlich ist das nicht deine Schuld, Emma. Eine Stute wie Minstrel kann den ganzen Tag lang laufen, ohne dass sie Schaden nimmt. Das muss etwas anderes sein. Wo steckt Chris bloß, verdammt noch mal?“

„Er ist weggegangen“, entgegnete Bill. „Heute ist doch sein freier Tag.“

„Und Dad und Nick sind auch nicht da“, sagte Natalie besorgt.

Richard und Bill hatten sich vor Minstrels Kopf gestellt und versuchten sie ruhig zu halten – ohne Erfolg.

„Das bringt gar nichts“, sagte Mum. „Sie muss unbedingt aufstehen.“

Holly übernahm das Kommando. „Jane, hol die Seile. Bill, besorg Strohballen. Richard und Nat, begleitet ihn. Holt so viel ihr könnt und macht das Tor auf für den Tierarzt. Emma, hilf mir, ihren Kopf festzuhalten.“

Jeder sauste los, um ihre Anweisungen zu erfüllen. Bill kehrte mit einer Schubkarre voller Strohballen zurück. Sie polsterten die Box an den Wänden mit Stroh aus, damit Minstrel sich daran nicht verletzen konnte. Dann zogen wir die Seile unter ihrem Bauch durch und hoben sie hoch.

Wir zogen, bis uns das Blut zu Kopf stieg und unsere Lunge

zu zerplatzen drohte. Und plötzlich kam Minstrel wie durch ein Wunder wieder auf die Beine.

„Halt sie fest, Bill“, keuchte Holly. „Lass sie nicht noch mal einsacken! Braves Mädchen, bleib stehen! Schön brav.“

Minstrels Flanken bebten. Ihr Blick war verschleiert und nach innen gerichtet. Sie troff nur so vor Schweiß.

„Sie stirbt“, weinte ich, und schluchzte erleichtert auf, als Scheinwerfer die Dunkelheit erhellten und Ewen Andersons Jeep vor dem Stall zum Stehen kam.

Ewen wollte Minstrel so schnell wie möglich in die Tierklinik bringen.

„Dort können wir sie besser beobachten und gleich ein paar Tests durchführen“, sagte er, während er eine Spritze mit einem milden Betäubungsmittel aufzog.

„Haben Sie denn irgendeine Vorstellung, was das sein könnte?“, fragte Mum besorgt.

„Das muss eine Kolik sein“, mischte sich Bill ein.

Minstrel warf ihren Kopf hin und her und zitterte, so als würde sie jeden Moment wieder einknicken. Holly sagte, sie sähe betrunken aus, und Ewen fragte, ob sie an Kreuzkraut gekommen sein könne.

Mum reagierte gereizt. „Unmöglich! Wir haben ganze Tage damit verbracht, dieses verdammte Kraut auszureißen!“

Kreuzkraut, mit seinen unschuldigen gelben Blüten, zerstört die Leber. Im Endstadium bedarf es dann nur noch einer kleinen Anstrengung – zum Beispiel eines langen Ausritts – um den Schaden komplett zu machen. Dagegen half kein Mittel und es gab keine Heilung. Wir alle wussten, dass eine Kreuzkrautvergiftung ihr Ende bedeuten würde.

„War nur so ein Gedanke“, sagte Ewan. „Ist der Transporter da? Gut. Die Spritze wirkt schon. Lasst uns losfahren.“

Zwei Stunden später saßen Mum und ich immer noch in der Tierklinik und sahen den Leuten dabei zu, wie sie mit ihren Hunden oder Plastikboxen, in denen Katzen oder andere Haustiere saßen, in Richtung Kleintierabteilung liefen. Die Räumlichkeiten befanden sich gerade im Umbau und alles ging drunter und drüber. Besprechungszimmer wurden noch gebaut, genauso wie ein moderner Operationssaal und Labors. Es roch nach frischer Farbe.

Niedergeschlagen dachte ich an den weißen Wolf und sein böses Omen. Es hatte sich bewahrheitet, oder etwa nicht? Jetzt musste Nick mir einfach glauben. Und doch wünschte ich mir nichts sehnsüchtiger, als dass ich mich geirrt hätte.

Endlich tauchte Ewen auf. Sein markantes, intelligentes Gesicht strahlte. „Mrs. Blake, Emma", grüßte er uns, und wir sprangen auf. „Wir haben einen vorläufigen Bluttest gemacht. Und der weist weder auf Nieren- noch auf Leberprobleme hin. Minstrel hat ein wenig Temperatur, aber das war zu erwarten. Ihr Mann könnte recht haben. Wahrscheinlich haben wir es mit einem Fall von einer krampfartigen Kolik zu tun."

„Aber wodurch könnte das bloß verursacht worden sein?", fragte Mum.

„Eine neue Weide? Anderes Futter? Oder ist sie vielleicht durch irgendetwas verstört worden?"

Ich biss mir auf die Lippen. Seit wir hierher gezogen waren, stand Minstrel ständig unter Stress. Und dann noch der lange Ausritt. Aber weder Mum noch mir fiel etwas Konkreteres ein. Schließlich schob es Ewan auf einen Zufall und sagte, er würde Minstrel während der nächsten vierundzwanzig Stunden genau beobachten.

Wir gingen nach ihr sehen. Sie wirkte bedrückt und irgendwie kleiner, als ich sie in Erinnerung hatte. Ich hasste es, sie hier unter der Obhut von Fremden zurücklassen zu müssen. Doch hier war die Hölle los, alle arbeiteten unter erschwerten Bedingungen. Ich flüsterte beruhigend auf sie ein und ging.

Es sollte noch lange dauern, bis Minstrel nach Hause durfte. Ein weiterer Anfall machte neue Untersuchungen notwendig. Ewen befürchtete, das Problem sei ernster als zunächst angenommen.

Ich machte mir große Sorgen und vermisste sie sehr. Dementsprechend elend schlich ich im Haus herum. Ich brachte keinen Bissen herunter und tat kein Auge zu. Dad ließ eine Bemerkung über Tierarztrechnungen fallen, was es auch nicht gerade leichter machte. Mum war voller Mitgefühl, aber gleichzeitig hatte sie noch ein Therapiezentrum zu leiten. Und so war es an Nick und den anderen, mir über diese schreckliche Zeit hinwegzuhelfen, in der ich schon glaubte, Minstrel würde nie mehr zurückkommen.

„Du kannst Magpie reiten", bot Richard unbeholfen an. „Das heißt, wenn du willst."

„Danke, aber ...", ich musste schwer schlucken. Wenn man wusste, dass Richard niemals jemanden auf seinem Pony reiten ließ, war das in der Tat ein mehr als großzügiges Angebot. „Danke, aber ich glaub, ich bin ein bisschen zu groß für Magpie, meinst du nicht auch?"

„Kann sein", sagte er hörbar erleichtert.

Natalie bot mir Wren an. „Sie wird sowieso nicht genügend bewegt, jetzt, wo ich für die Andersons reite. Wren würde es großen Spaß machen, zusammen mit Bryn auszureiten."

Das schien eine gute Lösung zu sein. Wren war kleiner als Minstrel und hatte eine andere Gangart, aber so war es wenigstens möglich, mit Nick auszureiten. Und wir konnten die so genannte Lupus-Spur weiterverfolgen.

Doch alles, was wir in Erfahrung bringen konnten, war bruchstückhaft und wenig aufschlussreich. Ein kleiner Weiler in den Hügeln besaß einen alten steinernen Brunnen in Form eines Wolfkopfes, der Wasser spie. Es war kaum etwas bekannt über ihn, außer, dass er schon sehr, sehr alt war.

Andere Nachforschungen, diesmal in Anforth, ergaben, dass es dort ein von Säulen getragenes Tor gab, das unter dem Namen Wolfstor bekannt war. In der Stadtbücherei suchten wir im Internet nach dem Namen Lupus und klickten auf einen Bericht über die Familie Lupus in Chester.

„Hier kommt ein Ranulph vor", sagte Nick und deutete darauf. „Ein Nachfahre von Hugh Lupus. Und hier ist noch einer. Welcher ist deiner?“

„Keine Ahnung. Hier gibt es einen Ranulph Edward, geboren 1101. Das könnte er sein. Wir wissen nicht mit Sicherheit, dass Ranulph aus Chester stammt. Piers' Großvater war dort Steinmetz.“

„Es könnte ja sein, dass dein Ranulph kein direkter Verwandter von Piers ist, sondern nur ein Onkel zweiten oder dritten Grades. Lass uns nach einem Steinmetz suchen.“

Das Suchergebnis war enttäuschend. Einmal ganz abgesehen davon, dass Informationen aus dem Internet nicht unbedingt verlässlich sein müssen, wie Nick betonte. „Wir müssen in den Archiven der Stadt Chester nachsehen, wenn wir auf Nummer sicher gehen wollen.“

„Das ist die Mühe nicht wert“, sagte ich. „Ich will etwas über Piers herausfinden und nicht über seinen Onkel. Sollen wir noch einmal die Umgebung von Anforth abklappern?“

Wir schlenderten durch die Stadt und unsere Enttäuschung wuchs. Die Familie Lupus, so viel stand fest, hatte der Nachwelt nicht gerade viel hinterlassen.

„Hast du was dagegen, wenn wir den früheren Bus nehmen?“, fragte Nick schließlich. „Morgen ist das Turnier. Ich muss Bryns Zaumzeug noch polieren.“

„Ich wusste gar nicht, dass du auch teilnimmst.“

„Hmm. Du hast doch nichts dagegen? Nat und Richard freuen sich schon darauf. Die Bezirksverwalterin hat gesagt, sie könne dir auch ein Pferd organsieren, wenn du gerne mitmachen möchtest.“

Ich wollte nicht. Wenn, dann nur auf Minstrel. Wegen meiner bösen Vorahnungen würde ich nicht tatenlos zusehen, wie sich Claire Nick unter den Nagel riss, und so sagte ich, ich wolle mitkommen und zusehen. Doch dann schaffte ich es nicht einmal bis auf die Veranstaltung. Mum hatte eine Verabredung mit dem Filialleiter der Bank und noch einige andere geschäftliche Dinge zu erledigen, so dass sie den ganzen

Tag über in der Stadt zu tun haben würde. Und sie fragte mich, ob ich wohl so lange die Stellung halten könne.

„Nur den einen oder anderen Telefonanruf entgegennehmen. Am Nachmittag kommen drei Kunden von auswärts zur Hydrotherapie. Holly wird sich um sie kümmern. Könntest du wohl die Rechnungen ausstellen, und darauf achten, dass wir einen Durchschlag zurückbehalten?"

„Kein Problem", sagte ich. Mir fiel auf, wie attraktiv sie aussah in ihrem Rock mit dem dazu passenden Jackett, frisch vom Friseur und ausnahmsweise einmal geschminkt. „Drück mir die Daumen", sagte sie. „Wenn ich Mr. B dazu bringe, uns den Kreditrahmen zu erhöhen, dann wäre uns schon sehr geholfen."

„Um die Tierarztrechnung zu bezahlen, meinst du?"

Sie lächelte. „Mach dir darüber keine Sorgen. Minstrel bekommt die beste Behandlung, die es für sie gibt, ganz egal, was das kostet."

Sie nahm mich kurz in den Arm und verschwand. Dad war schon zu seinem derzeitigen Gartenbauprojekt aufgebrochen. Die anderen waren auf dem Turnier. Drüben im neuen Hof arbeitete Christopher mit einem gut aussehenden, dunklen Braunen, einem Hengst mit einer steifen Schulter. Bill mistete die Boxen aus, während Holly im Trainingsbereich ein geflecktes Pony an der Longe hatte, das an Augenbeschwerden litt. Chippys Eigentümerin war gekommen, um mit ihrem Wallach einen kleinen Ausritt über die Felder zu machen. Sie war uns unglaublich dankbar, denn Chippy ging es definitiv besser.

Die Zeit zog sich endlos lang hin. Zum ersten Mal hatte ich keine Lust, Holly oder Christopher Gesellschaft zu leisten. Seit dem letzten Diebstahl war unser Verhältnis angespannter geworden. Niemand arbeitete gern unter den Augen der Überwachungskamera, die Nick installiert hatte. Mum hatte Recht gehabt. Das Ganze wirkte so, als ob wir ihnen nicht trauten.

Wenn doch nur Minstrel hier wäre! Aber Minstrel war nicht hier. Sie war in der Tierklinik und wurde weiteren Tests unterzogen. Ewen konnte nicht ausschließen, dass sie an einer Immunkrankheit litt, doch ich weigerte mich, auch nur darüber nachzudenken. Wenn ich noch ein Pferd verlieren würde, wäre es das endgültige Aus. Ich würde nie mehr reiten.

Andere Leute hatten es auch nicht leicht, versuchte ich mir einzureden. Andy Ross sorgte sich um seine junge Frau, deren Gesundheitszustand keinerlei Fortschritte machte. Und trotzdem ließ er den Kopf nicht hängen. Auch meine Eltern hatten Sorgen genug. Dad hatte noch mehr Aufträge von außen angenommen, um uns über die Runden zu bringen. Es war Frühling und auf den Feldern war viel zu tun. Er kam mit der Arbeit hinten und vorn nicht mehr nach. Und was Mum anbelangte ... Ich warf einen Blick in den aufgeschlagenen Terminkalender, der bedenklich leer aussah. Verschiedene Namen waren ausgestrichen worden. Absagen. Der Filialleiter der Bank würde wenig begeistert sein.

Es sah nicht gut aus für uns. Nichts schien die dunklen Schatten vertreiben zu können. Wenn ich doch nur in die Vergangenheit reisen und mit Emma Mytton reden könnte! Mit ihrem geradezu an Magie grenzenden Wissen was Naturheilkunde betraf, wäre sie vielleicht in der Lage, Minstrel zu heilen. Oder Piers. Piers kannte sich mit Pferden aus. Aber weilte Piers überhaupt noch unter den Lebenden? Ich hatte keine Möglichkeit, das herauszufinden.

Ich schlenderte durch die Halle und blieb vor der Säule an der Treppe stehen. Der eine Wolfskopf starrte unbeteiligt geradeaus, eine schlechte Imitation. Die Originalskulptur dagegen war echte Bildhauerei. Sie sah aus wie ein echter Wolf. Doch heute lag kein böses Glitzern in seinen Augen – eben eine Steinskulptur, nichts weiter.

Ich rief Scamp und ging hinaus. Minstrels Box war bereits fertig und wartete auf die Rückkehr ihrer Besitzerin. Die anderen drei Boxen mussten dringend ausgemistet werden. Ich holte die Schubkarre und machte mich an die Arbeit; mit einem Ohr lauschte ich auf das Telefon. Zweimal ging ich dran. Noch eine Absage und dann der Futtermittellieferant, der auf Zahlung der ersten Rechnung beharrte, bevor er eine weitere Lieferung vornehmen wollte. Frostig versprach ich, sein Anliegen umgehend weiterzuleiten.

Zur Hölle mit ihnen! Alle miteinander!

Ich versuchte verzweifelt, nicht an Nick zu denken, der sicher gerade Claire Webster und Pollyanna dabei zusah, wie sie eine fehlerfreie Runde nach der anderen drehten. Ich weiß, dass das nicht gerade nett von mir war, aber ich hoffte sehr, dass mein Bruder eines Tages das ideale Springreitpony haben würde, um sie um Längen zu schlagen!

Auch der Rest des Tages zog sich in die Länge. Mum kam zuerst nach Hause, sie war ziemlich wortkarg. Mr. B tat es sehr Leid, aber mehr Geld könne er auf keinen Fall zusagen. Gleich danach war Mum zu einer anderen Bank gegangen, die sich auf Kleinunternehmer spezialisiert hatte. Dummerweise hielt man die Haltung von Vieh dort für zu risikobehaftet, und erneut wurden ihre Hoffnungen enttäuscht. Als sich ihre dritte Verabredung als ebenso unergiebig entpuppte, hatte Mum aufgegeben und war nach Hause zurückgekehrt.

„Bin ich froh, unsere Schornsteine zu sehen“, seufzte sie, streifte ihre Schuhe ab und freute sich über die Tasse Kaffe, die ich ihr gemacht hatte. „Wusstest du, dass man sie sehen kann, wenn man von der Dorfstraße abbiegt?“

Plötzlich machte es Klick. Als ich die Straße in früheren Zeiten entlang geritten war, sah man die Schornsteine erst, wenn man das Haus schon erkennen konnte. Doch das alte Haus war niedriger als das hier. Andererseits hatte man die Schornsteine extra lang gebaut, um das Strohdach vor gefährlichem Funkenflug zu schützen. Und trotzdem konnte man sie von der Straße aus nicht sehen, so viel stand fest.

„Das Abendessen ist fertig“, sagte ich zu Mum. „Tut mir Leid, dass du so einen schlimmen Tag hattest. Ich fürchte die Anrufe, die ich angenommen habe, werden dich auch nicht gerade aufheitern. Oh, da kommt Dad.“

Kurz darauf trabten die anderen in den Hof.

„Hallo Emma. Du hättest dabei sein sollen, es war großartig. Dave hat auf Pepper das offene Springreiten gewonnen, und rate mal, wer in der Anfängerliga gesiegt hat?“

Richard ließ Magpie wenden, um uns die rote Rosette zu zeigen, die an ihrem Zaumzeug flatterte. „Gut, was? Wartet nur, bis ich das Bill erzähle.“

Wren hatte ebenfalls einen Sieg errungen.

„Der zweite Platz bei den unter 1,44 Meter großen Ponys.“ Natalie lächelte stolz.

„Na dann – gratuliere“, sagte ich.

„Ich bin völlig kaputt.“ Nick saß ganz steif ab. „Ich habe den ganzen Tag den Botschafter gespielt. Oh, da hat ja jemand Bryns Box ausgemistet. Wahnsinn!“

„Du hast Wrens auch gleich mitgemacht“, rief Natalie.

„Und Magpies. Danke Em“, freute sich Richard.

Nick nahm meine Hand und drückte sie, was jeden Kommentar über ihn und Claire Webster überflüssig machte. „Gibt es Neuigkeiten wegen Minstrel?“, fragte er.

„Als ich vorhin angerufen habe, war alles wie gehabt. Ich muss später noch mal hin und nach ihr sehen.“

„Ich komme mit“, bot Nick an.

Im Haus hatten Mum und Dad eine ernste Unterredung. Mum machte den tapferen Versuch, Interesse für unsere Erlebnisse aufzubringen und murmelte sogar etwas Zustimmendes, als Richard darum bat, Clubmitglied werden zu dürfen.

„Ich werde die Mitgliedsbeiträge auch von meinem Taschengeld bezahlen, Mum“, sagte er.

„Ich auch“, fügte Natalie hinzu. „Bald gibt es übrigens einen Reitvereins-Flohmarkt mit Klamotten, und Zaumzeug wird dort auch verkauft. Alles aus zweiter Hand und sehr gut erhalten. Das ist doch eine super Gelegenheit, um billig an die Sachen heranzukommen.“

„Sag schon Mum, dürfen wir beitreten?“, bettelte Richard.

„Ich werde drüber nachdenken“, erwiderte sie.

Nach dem Abendessen fuhr uns Dad zur Tierklinik und wartete, während ich eine grauenvolle halbe Stunde bei Minstrel verbrachte. Ihr tiefgoldenes Fell war stumpf, ihre wunderbaren dunklen Augen hatten jeglichen Glanz verloren. Doch der diensthabende Pfleger versicherte uns, dass er mit Minstrels Fortschritten zufrieden sei.

Nick versuchte mich aufzuheitern, indem er einen Ausritt in die Hügel bei Sonnenaufgang vorschlug. Ich stimmte zu und ging früh zu Bett. Stunden später wurde ich wach, tapste zum Fenster hinüber und starrte in den hellen, zunehmenden Mond. Minstrel beherrschte meine Gedanken derart, dass ich glaubte, mir das plötzliche Klappern von Hufen und das kurze, ungeduldige Schnauben nur einzubilden.

Oder vielleicht doch nicht?

Der Mond wich der aufgehenden Sonne. Der Himmel erhellte sich über einer Landschaft, in der es keine Hecken gab. Meine Hand ruhte nicht länger auf der Fensterbank, sondern auf der Stalltür.

„Haltet Falada kurz für mich fest, Emma“, sagte Emma Mytton. „Ich flöße ihr das hier ein. Musstest du die Trennwand unbedingt ablecken. Du hättest sterben können.“

Kapitel 10

„Was meint Ihr damit – die Trennwand ablecken?“, fragte ich und ging zum Kopf der Stute.

„Falada hat nicht als Unfug im Kopf“, antwortete Emma Mytton, und hielt kurz inne, um der Stute eine grüne, übel riechende Flüssigkeit einzuflößen.

„Das war Jenkins, er hat das Holz gegen Würmer behandelt, und zwar mit einer Mischung aus Teer und Öl. Falada hat Gefallen an dem Geschmack gefunden – du weißt ja, wie gern sie an allem schleckt.“

Gestrichene Wände. Mein Herz setzte kurz aus. Wir hatten literweise Farbe an die Wände geklatscht, um die düsteren Ziegelwände etwas freundlicher zu gestalten. Moderne Wandfarbe ist für Tiere nachweislich unschädlich, aber als wir die alten Lagerräume ausräumten, waren alte Farbeimer mit weißer Wandfarbe zum Vorschein gekommen. Es wäre sinnlos gewesen, sie einfach dort stehen zu lassen. Alte Farbe enthielt Blei. Und Blei war giftig!

Konnte Minstrel Gefallen an dem Geschmack gefunden haben? Das war gut möglich. „Was ist das für ein Gegengift?“, fragte ich atemlos.

„Gegengift?“ Sie stutzte über das unbekannte Wort. „Ihr meint, was man dagegen gibt? Eine Teervergiftung führt zu schlimmen Krämpfen und hohem Fieber. Doch es gibt da ein Kraut, man nennt es auch Teufelsbiss. Wenn man daraus einen Sud kocht, der dem Patienten alle zwei Stunden verabreicht wird, bewirkt es, dass das böse Gift ausgeschwitzt wird. Seht nur, wie es funktioniert.“

Der Schweiß stand auf Faladas Hals und Flanken. Wie bei Minstrel war ihr Zustand Besorgnis erregend, aber während mein Pferd keinerlei Fortschritte machte, schien Falada sich bereits auf dem Weg der Besserung zu befinden.

„Und das wird sie heilen?“, fragte ich.

„Oh ja! Falada hat das Schlimmste bereits überstanden.“

Teufelsbiss. Ich durfte diesen Namen einfach nicht vergessen – schließlich hing Minstrels Leben davon ab!

Ich ging nach draußen, um die Jahreszeit abzuschätzen. Frühsommer, schloss ich aus dem Duft nach trocknendem Heu. Die Hochzeit stand also kurz bevor. Die Tauben hatten Junge bekommen und brachten ihnen das Fliegen bei.

„Niedliche Geschöpfe, nicht wahr?“ Emma Mytton war mir auf den Hof gefolgt. „Habt Ihr schon etwas gegessen? Ich verhungere. Lasst uns ins Haus gehen.“

Auf dem Weg dorthin sah ich mir die Umgebung genau an. Jetzt fiel mir auf, dass Nick und ich auf unserer Lupus-Spurensuche unwissentlich den falschen Weg genommen hatten. Die Tür des Taubenschlags war vom Haus aus gut zu sehen, während sie beim heutigen Gleggs Hall der Auffahrt zugewandt war. Das neue Haus war demnach nicht auf den Fundamenten des alten errichtet worden, sondern auf der östlichen Hofseite statt auf der nördlichen. Die alte Auffahrt führte direkt dort vorbei, wo sich heute mein Schlafzimmerfenster befand. Kein Wunder, dass mein Schlaf durch den Hufschlag gestört worden war!

Die Hügel der Umgebung waren wesentlich stärker bewaldet. Die Dächer von Maybury waren nicht zu erkennen – denn Maybury war noch nicht einmal erbaut. Nichts, woran man sich hätte orientieren können. Ein gottverlassenes Tal, ein Haus, das versteckt hinter Bäumen lag, und auch die kleine Kirche mit dem Glockenturm war zu sehen.

„Beeilt Euch“, sagte Emma Mytton. „Ich will Piers sehen, bevor er auf den Hof geht. Er muss doch seinen Hochzeitsanzug noch anprobieren.“

Als wir die große Halle betraten, hörten wir lautes Stimmengewirr. Auf dem Podest am Ende des Raums saßen Piers und Ranulph beim Frühstück. Eine weiterer lauter Wortschwall ließ uns erschreckt innehalten.

„Wie kannst du es wagen, meine Autorität infrage zu stellen?“, donnerte Ranulph und trommelte mit den Fäusten auf den Tisch. „Bis du einmal erbst, mein Junge, gehört jeglicher Verkaufserlös mir!“

„Ich habe diese Männer selbst beauftragt, Onkel. Ich habe die Tiere selbst zugeritten und für ihren Transport zum Pferdemarkt bezahlt. Und wer hat sich den Profit unter den Nagel gerissen? Ihr!“

„Genug!“ Ranulphs Gesicht war nur noch eine wütende Fratze. „Genug, sag ich! Wulfric! Jenkins!“

Wulfric und Jenkins stürmten herein, und die doppelten Türen fielen hinter uns ins Schloss. Durch den Luftzug zog Rauch vom Herdfeuer in den Raum. Die Hunde begannen zu bellen. Ranulph erhob sich abrupt, sodass sein Stuhl umfiel, und plötzlich blitzte ein Dolch in seiner Hand auf. Piers war ebenfalls aufgesprungen. Wütend zog auch er den Dolch, den er am Gürtel trug. Als sich der Rauch verzog und sein Blick auf uns fiel, riss er besorgt die Augen auf.

„Passt auf!“, zischte er und wehrte einen Angriff Ranulphs ab. Wir sahen uns gehetzt um. Die Männer liefen um die Tische herum und direkt auf uns zu, sie hielten kurze Schwerter in den Händen. Piers, der eine weitere Attacke Ranulphs parierte, nahm einen der Speere von der Wand, zielte und warf. Die Waffe flog pfeifend über unsere Köpfe hinweg; ein Schrei ertönte, als sie ihr Ziel traf, gefolgt von einem Kommando, das Piers seinen Hunden gab.

„Gelert! Roma! Fass!“

Mit wildem Gebell gingen die beiden gut abgerichteten Jagdhunde zum Angriff über. Sie flitzten mit gefletschten Zähnen an uns vorbei und dann auf den anderen Mann zu. Die Mischlinge liefen ihnen vor die Füße, japsten und knurrten.

„Emma! Los ihr beiden! In den Keller!“, schrie Piers.

Emma Mytton griff nach meiner Hand und sagte, „Hier entlang, schnell!“

Im nächsten Moment rannten wir schon auf die Tür am anderen Ende des Raums zu.

„Los, hinterher, Jenkins, du Blödmann!“, bellte Ranulph vom Podest aus. „Lasst sie nicht entkommen!“

Hinter uns hörten wir das Trampeln von Füßen ... aber wir hatten einen guten Vorsprung – und Ranulph hatte nicht mit den Hunden gerechnet. Ein Schreckensschrei ertönte, als sich die Hunde auf ihre Beute warfen und diese zu Fall brachten. Endlich hatten wir die kleine Tür erreicht, stießen sie auf, schossen durch sie hindurch und zogen sie sofort wieder hinter uns zu.

Emma Mytton schob den Riegel vor. Sie schluchzte vor Aufregung und Angst. „Piers. Er hat überhaupt keine Chance. Ranulph ist sehr geschickt im Umgang mit dem Schwert, und Jenkins war einst Soldat – so eine falsche Schlange, sich einfach gegen uns zu verschwören!“

„Ich glaube ... die Hunde“, keuchte ich völlig außer Atem.

Auf der anderen Seite der Tür waren gedämpfte Geräusche zu vernehmen. Ein Gerangel, ein Knurren, das Klirren von Metall. Wir öffneten die Tür einen Spalt weit und sahen hindurch. Wulfric war gestürzt und lag mit dem Rücken auf einer Schilfmatte, der Speer stak ihm noch in der Brust. Jenkins hing leblos über einem der Tische. Die Hunde waren mittlerweile auf das Podest gesprungen, wo Ranulph und Piers miteinander kämpften.

„Kommt, Emma, wir müssen Hilfe holen.“ Emma Mytton zog mich zu einer Steintreppe, die in die Dunkelheit hinabführte. „Passt auf, die Stufen sind uneben.“

Wir stürmten die Treppe hinunter und drangen in die Tiefen des Hauses vor. Unter der Halle befanden sich Keller, in denen die Speisen gelagert wurden. Hier und da erhellten in die Mauern eingelassene Lichtschächte die Dunkelheit.

Emma Mytton raffte ihre langen Röcke und sauste zwischen Fässern mit Bier, Salz und Stapeln von Säcken mit Mehl und Korn hindurch. „Warte!“, rief ich und stürmte hinterher. Irgendwo rieselte Korn aus den Säcken. Ein paar Ratten, die daran genagt hatten, fauchten mich wütend an, als ich mich ihnen näherte, doch dann flitzten sie im letzten Moment davon und verschwanden aus meinem Blickfeld. Am Ende des Kellers blieben wir keuchend stehen. Vor uns lag ein schmaler Tunnel, der in die schwarze Finsternis führte.

Emma Mytton griff nach einer brennenden Fackel. „Duckt Euch, denn hier ist es sehr niedrig“, warnte sie mich, und dann verschwanden wir im Tunnel. Ich zog den Kopf ein und folgte ihr. Meine Stiefel waren weithin zu hören, während ihre weich beschuhten Füße sanft über den sandigen Boden glitten. Faulige Luft verschlug uns den Atem, und unser Keuchen hallte unheimlich von den Wänden wider. In gebückter Haltung rannten wir weiter geradeaus, während die brennende Fackel in Emmas Hand beißenden Qualm hinterließ.

Wir erreichten einen weiteren Keller, diesmal einen kleineren, und blieben kurz stehen, um zu verschnaufen. Emma Mytton begann zu sprechen ... nur dass ihre Stimme ganz weit weg klang und meine Ohren rauschten. Entsetzt wurde mir klar, dass die Zeit ausgerechnet jetzt weiterzurasen drohte.

„Bitte, bitte geh nicht!“, flehte ich sie an.

Aber ihre Umrisse begannen bereits zu verschwimmen. Ihr hellblondes Haar und ihr blaues Gewand verblassten. Die rot glühende Fackel verschwand zuletzt. Sie schwelte kurz und erlosch dann, teerigen Qualm verströmend.

„Emma?“, flüsterte ich.

Keine Antwort. Ich war mutterseelenallein in der schwarzen Finsternis. Irgendwo tropfte Wasser und ich hörte mein eigenes verängstigtes Keuchen. Ansonsten Totenstille. Von Panik übermannt stieß ich einen gellenden Schrei aus und hoffte, jemand würde ihn hören. „Em ... ma! Piers! Helft mir!“

Doch ich bekam keine Antwort. Denn hier war weit und

breit niemand, der mich hätte hören können. Ich war zurück in der Gegenwart. Hinter mir lag ein enger dunkler Tunnel, und von allen Seiten war ich von dicken Mauern umgeben. Klamm vor Kälte und mit Angstschweiß bedeckt, ließ ich mich auf den Steinboden fallen, barg den Kopf in meinen Händen und schluchzte hemmungslos.

Nachdem die erste Panikattacke vorüber war, stand ich auf und überlegte, was ich tun konnte. In der stickigen, modrigen Luft nahm ich einen frischen Luftzug wahr. Ich schnüffelte wie ein Spürhund und tastete mich durch die Dunkelheit. Irgendetwas knallte gegen meine Schienbeine und ich schrie auf, allerdings mehr vor Schreck als vor Schmerzen. Mit den Händen machte ich eine große Holzkiste aus. Da schienen überhaupt ganze Stapel von Holzkisten zu sein.

Was war das? Besser gesagt, wo war ich?

Ich stolperte weiter und erreichte den Ursprung des frischen Luftstroms. Er befand sich direkt über mir. Die Luft roch nicht wirklich sauber, aber sie war immerhin weniger klamm als hier unten. Und wieder verfolgten mich die Fragen, die ich lange versucht hatte zu verdrängen.

Befand ich mich in der Krypta einer Kirche? Und die hölzernen Kisten da ... waren das Särge?

Doch dann verwarf ich den Gedanken. Die Kisten hatten die falsche Form. Schaudernd fragte ich mich, ob die andere Emma wohl hier den Tod gefunden hatte. Waren ihre Gebeine immer noch hier, unbetrauert und verlassen, irgendwo in dieser undurchdringlichen Dunkelheit?

Ich versuchte krampfhaft, mich daran zu erinnern, welchen Weg wir genommen hatten. Wenn das alte Haus von Ost nach West zeigte und das heutige von Nord nach Süd, und wenn wir in den unterirdischen Kellern zurückgelaufen waren ... Das Ganze war vertrackter als das schwierigste Puzzle. Wie sollte ich bloß herausfinden können, wo ich mich befand? Würde ich jemals hier herauskommen?

Plötzlich hörte ich über mir ein Geräusch. Und dann noch

eines, eine Art Krabbeln. Ich linste nach oben. Sand und kleine Steinchen rieselten mir ins Gesicht. Ein Lichtstrahl tauchte auf, schließlich ein Umriss.Und dann erkannte ich zu meiner großen Erleichterung einen völlig überrascht aussehenden Nick, der mich in den mir nur allzu bekannten Taubenschlag hochzog.

Wie überrascht muss ich dann allerdings erst ausgesehen haben, als ich an der Wand einen benommenen und schuldbewusst dreinblickenden Bill Garson kauern sah. Zu seinen Füßen ein blauer Müllsack, der vor niegelnagelneuen Halftern und Führketten nur so überquoll.

„Das Ganze hat sich folgendermaßen abgespielt", sagte Nick später in die Runde, und warf mir einen Blick zu, der mir unmissverständlich zu verstehen gab, dass ich ihm das Reden überlassen solle.

„Wir wollten schon vor Sonnenaufgang ausreiten. Ich sattelte gerade, da sah ich Bill mit diesem Sack in den Taubenschlag schleichen. Das kam mir mehr als verdächtig vor, und so habe ich ihn zur Rede gestellt. Ich weiß nicht, wer mehr überrascht war – Bill oder wir."

Nun, das jedenfalls entsprach der Wahrheit – oder sagen wir: zumindest teilweise.

Jetzt saßen wir gemeinsam um den großen Küchentisch. Nach der ganzen Aufregung hatte jetzt niemand große Lust zum Arbeiten.

Den ganzen Vormittag über summte der Kessel auf dem Herd. Erst gerade hatte Mum wieder neues Wasser aufgesetzt.

„Bill Garson, ausgerechnet", sagte Christopher und nippte an seinem Kaffee. „Ich fühlte mich ja selbst schon ganz schuldig, was diese Vorfälle betraf."

„Ich mich auch", gab Holly zu.

„Und ich hatte schon gedacht, es sei Andy gewesen", sagte ich und schämte mich meiner falschen Vermutung. „Da war diese Kneifzange in der Schmiede, dieselbe, die wir auch hatten. Er hat gesagt, dass er sie einem fahrenden Händler abgekauft hat."

„Der Händler hing da wahrscheinlich auch mit drin", sagte Dad.

„Ich mochte Bill", warf Richard traurig ein. „Er hat mir mit Magpie geholfen. Er schien eigentlich kein schlechter Kerl zu sein. Nicht wirklich."

Bill Garsons Enttarnung traf jeden von uns wie ein Schock. Schon vor Jahren, als Gleggs Hall noch leer stand, hatte sich ein Haufen Krimineller an Bill gewandt, die ein sicheres Versteck für ihr Diebesgut suchten. Damals hatte er noch nicht gewusst, dass es sich dabei um Hehlerware handelte. Schon als Kind hatte Bill in dem Taubenschlag gespielt, und daher wusste er, dass darunter ein geheimer Keller existierte.

Eine Zeit lang war es das ideale Abkommen gewesen. Selbst nachdem er die wahren Hintergründe durchschaut hatte, hielt er das Risiko für mehr als gering. Kleinere Diebstähle, schnell verdientes Geld und niemand, der unangenehme Fragen stellt. Bill erhielt einen Anteil von der Beute. Das Ganze entwickelte sich zu einem lukrativen Nebengeschäft.

„Als ich hier eingestellt wurde, hab ich denen gleich gesagt, dass jetzt Schluss sein muss", hatte er gesagt, als wir auf die Polizei warteten. „Aber die wollten davon nichts wissen. Und dann dachte ich auch, es trifft schließlich keine Armen. Die schicke Ausstattung, bei der an Nichts gespart wurde – ihr wart bestimmt gut versichert."

„Ich wette, das ist noch nicht alles. Wetten, Sie hatten die verrückte Idee, das Zentrum selbst zu übernehmen?", konnte ich mir nicht verkneifen zu sagen.

„Ja, daran hab ich auch schon gedacht. Ich hab ein bisschen was gespart, und ich sah ja, dass nicht alles so lief, wie es sollte", gab Bill zu.

„Das ist ja unglaublich!", stieß Mum hervor.

In diesem Moment hatte das Telefon geklingelt.

Es war Ewen Anderson, der sehr kleinlaut war. Man habe

die Testergebnisse verwechselt, wohl deshalb, weil in der Klinik ein derartiges Durcheinander herrschte.

Minstrels Beschwerden waren auf eine Bleivergiftung zurückzuführen. Man hatte ihr ein Gegenmittel verabreicht, auf das sie gut ansprach. Ich ließ einen Freudenschrei los. Das machte die Teufelsbisskur überflüssig – auch wenn ich es geschafft hatte, den Namen des Krauts zu behalten!

Ewen schloss mit den Worten, dass er sich für den Fehler verantwortlich fühlte und die Behandlungskosten deshalb nicht in Rechnung stellen würde, worüber Dad verständlicherweise hoch erfreut war.

Kurz darauf fuhr die Polizei auf den Hof. Der Beamte Wells nahm Bill mit zum Verhör. Ich glaube von uns allen war Mum am meisten enttäuscht von seinem Verhalten.

„Kein Wunder, dass er sich so sträubte, als ich vorschlug, den Taubenschlag wieder zu neuem Leben zu erwecken“, sagte sie. „Das hat jetzt ein Ende. Wir werden uns demnächst nach ein paar Vögeln umsehen.“

„Oh, ja“, pflichtete ich ihr bei.

„Was mich nach wie vor wundert“, sagte Dad, „ist, wie sie das Zeug vom Hof transportiert haben ohne den Alarm auszulösen.“

„Das ist doch ganz einfach“, unterbrach ihn Richard. „Da gibt es einen Tunnel. Er beginnt bei den Bäumen an der Straße. Unter ein paar Zweigen versteckt sich eine Falltür. Ich hab sie entdeckt, als ich Äste für die Hindernisse gesammelt habe.“

Alle starrten ihn an. „Das hättest du uns ja vielleicht mal sagen können“, sagte Dad verärgert.

„Geheim“, sagte Richard. „Ich wollte ja Dave einweihen. Na ja, schließlich hat nicht jeder einen Geheimtunnel, der unter dem Stall entlangführt. Ein Teil davon ist schon eingefallen, weil das Dach nur abgestützt ist. Aber man kann trotzdem noch durchgehen.“

„Ach, du meine Güte“, sagte Mum mit schwacher Stimme. „Kind! Die Decke hätte über dir zusammenbrechen können.“

„Ist sie aber nicht. Außerdem hätte ich dann immer noch rausrennen können. Ich bin ganz schön schnell. Wenn ich erst mal am Gymnasium bin, werd ich sofort in die Leichtathletikmannschaft eintreten“, sagte Richard angeberisch.

Christopher amüsierte sich köstlich. „Jetzt wissen wir also Bescheid. Diese Holzkisten im Keller des Taubenschlags dienten dazu, den Tunneleingang zu verbergen.“

„Kein Wunder, dass sich die Ponys so angestellt haben, wenn die Leute da unter ihren Boxen durchgetrampelt sind“, sagte Natalie. „Sie müssen gespürt haben, dass es da unten einen Hohlraum gibt. Das war ihnen natürlich unheimlich. Dann ist es ja verständlich, dass wir diese merkwürdigen Geräusche für Gespenster gehalten haben.“

„Gut beobachtet, Natalie“, sagte Dad.

Meine Schwester mochte Recht haben, aber ich machte mir so meine eigenen Gedanken. Ich habe sie nie mehr wieder gesehen, meinen tapferen Reiter mit den blau blitzenden Augen und seine Emma. Ganz so, als sei der Vorhang nach einem Theaterstück gefallen. Auf meiner letzten Zeitreise war ich Zeuge des Untergangs der Lupus' auf Gleggs Hall geworden. Und ich hörte auf, über das Wieso und Warum nachzugrübeln und betrachtete das Ganze als eine weitere interessante Erfahrung in meinem Leben.

Dad ließ den Tunnel untersuchen. Leider beherbergte er nichts weiter als leere Bierdosen und Schokoladenpapier, das die Diebe unterwegs zurückgelassen hatten. Aus Sicherheitsgründen ließen wir den Tunnel zuschütten – sehr zu Richards Enttäuschung.

Abgesehen von einer kurzen Meldung in der Lokalzeitung, hatte die Entdeckung leider keine Folgen. Die Finanzspritze, die wir so dringend benötigten, blieb vorerst aus. Doch eines Tages kam uns der Zufall zur Hilfe.

Gegen Mittag klingelte das Telefon. Mum ging dran.

„Sind Sie der Hof, auf dem der Tunnel gefunden wurde?“, dröhnte eine tiefe Stimme aus dem Hörer. Die Sorte Stimme, die normalerweise nichts Gutes verheißt. „Ich hab gerade was über Sie in der Dorfzeitung gelesen. In dem Artikel steht, Sie hätten ein Therapiezentrum. Mein Name ist Hubert. Carlton Hubert." Mum deckte die Sprechmuschel ab und formte lautlos die Worte „erste Sahne".

„Hätten Sie noch Platz für eine kleine Stute?", fuhr der Anrufer fort. „Ein liebes Ding, sie hatte eine schwere Geburt. Dachte, Sie könnten sie vielleicht wieder fit machen."

„Wir werden tun, was wir können, Mr. Hubert", sagte Mum forsch – wie immer, wenn es sich um etwas Geschäftliches handelte. Als sie an den Tisch zurückkehrte, sprudelte es nur so aus ihr heraus. „Das war gerade Carlton Hubert, der bekannte Rennpferdezüchter. Wenn wir seine Stute wieder hinbekommen, dann haben wir es geschafft."

Dann, ganz unerwartet, meldete sich auch noch Mr. B von der Bank. Er hätte da einen Kunden, der investieren wolle. Alternative Therapieformen waren sein Spezialgebiet. Ob Mum interessiert sei? Und ehe wir uns versahen, wurde eine Stellenanzeige aufgegeben, mit der wir einen neuen Handwerker und Stallknecht suchten. Dad nahm nicht mehr so viele Aufträge an und konzentrierte sich auf seinen biologischen Anbau.

Auch drüben in der Schmiede sah die Lage rosiger aus. Mrs. Ross' Gesundheitszustand verbesserte sich zusehends und sie hatte gute Heilungschancen. Schließlich wurde auch die Diebesbande ausgehoben. Bill hatte Glück, er kam mit einer Verwarnung davon.

Aber worüber ich mich am meisten freute, war, dass Minstrel nach Hause zurückkehrte. Bald war sie fit genug, dass ich wieder auf ihr reiten konnte, und Nick hatte mich überredet, dem Reitverein beizutreten.

Alles schien sich zum Guten zu wenden. Nur Nick schien meinen Besuchen im 12. Jahrhundert nach wie vor skeptisch gegenüberzustehen.

Dachte ich zumindest.

Am Tag vor seiner Abreise machten wir einen Ausritt. Die Sonne schien, und die Hufe der Pferde klapperten laut auf der verlassenen Landstraße.

„Wo reiten wir hin?“, fragte ich.

„Wart's ab“, sagte Nick.

Wir erreichten ein Dorf. Nicht Maybury, sondern eines, das in entgegengesetzter Richtung lag, winzig klein und zwischen die Kämme der Hügel gebettet. Bei der reich verzierten Kirche aus dem 18. Jahrhundert saßen wir ab und führten die Pferde zur Rückseite des Gotteshauses. Weiter hinten auf der Wiese stand eine weitere Kirche; kleiner, schlichter ..., die mir sehr bekannt vorkam. Nun, sagen wir ein wenig. Von dem hübschen Glockenturm war nur noch eine efeuumrankte Ruine übriggeblieben. Die Zeit und viele Winterstürme hatten die hellroten Wände der Kapelle ausbleichen lassen. Das prächtige Buntglasfenster war verschwunden und die verwitterte Eichentür verschlossen und verriegelt.

Verwitterte alte Grabsteine ragten schief aus dem Gras des verwilderten Friedhofs. Und dort, zwischen zwei schützenden Eiben, befand sich eine alte Krypta aus Stein, die von einem Wolfskopf verziert wurde.

„Ich bin auch nur durch Zufall darauf gestoßen.“ Nicks Stimme klang sehr laut in der Stille um uns herum. „Hier liegen Piers, Emma und ihre Nachkömmlinge. Wie man sieht, scheinen sie ein ganzes Rudel kleiner Wölfe in die Welt gesetzt zu haben, was?“

„O...oh! Andächtig berührte ich den bemoosten alten Stein mit seiner verwitterten Inschrift und dem zähnefletschenden Wappen. „Dann ist also doch noch alles gut gegangen. Bin ich froh! Piers liebte Emma. Er liebte sie mehr als mich.“

„Mmm. Also ich habe gegen vergessliche Blondschöpfe mit Augen blau wie Kornblumen absolut nichts einzuwenden“, grinste Nick.

„Ranulph wird nirgendwo erwähnt“, fuhr ich fort und errötete. „Geschieht ihm ganz recht, wenn er in dem Getümmel umgekommen ist.“

Es ist und bleibt eine Tatsache, dass es auf Gleggs Hall nicht spukt. Der Pferdehandel blühte, genauso wie von nun an das Therapiezentrum Erfolg haben wird.

„Aber ich hatte immerhin Recht mit den Parallelen“, sagte ich zu Nick.

Er nickte zustimmend. „Ja, das hattest du.“

„Was wohl aus dem Haus geworden ist?“

„Oh, Em.“ Nick legte mir die Hände auf die Schultern und drehte mich sanft zu sich herum. „Höchstwahrscheinlich hatte das alte Gleggs Hall seinen Zweck erfüllt und wurde abgerissen, um einem geeigneteren Wohnsitz Platz zu machen. Eines steht jedoch fest: Piers und Emma haben tatsächlich hier gelebt. Das Therapiezentrum hätte ihnen doch sicher gefallen, oder mcinst du etwa nicht?“

„Ja“, sagte ich. Nick küsste mich zärtlich auf den Mund.

„Los, Em“, sagte er dann und schwang sich in den Sattel. „Wer zuerst zu Hause ist.“